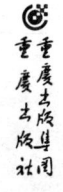

红艳见闻录

林白 著

重庆出版集团
重庆出版社

图书在版编目（CIP）数据

红艳见闻录 / 林白 著. —重庆：重庆出版社，2012.8
（月光之爱）
ISBN 978-7-229-05546-2

Ⅰ.①红… Ⅱ.①林… Ⅲ.①中篇小说—小说集—中国—当代 ②短篇小说—小说集—中国—当代 Ⅳ.①I247.7

中国版本图书馆CIP数据核字（2012）第174112号

红艳见闻录
HONGYAN JIANWEN LU

林白 著

出 版 人：	罗小卫
策 划：	华章同人
出版统筹：	陈建军
主 编：	贺绍俊
责任编辑：	陈建军　张好好
特约编辑：	黄卫平
责任印制：	杨 宁
营销编辑：	张 颖　魏依云
封面绘画：	车前子
封面设计：	奇文云海

重庆出版集团
重庆出版社　出版
（重庆长江二路205号）

投稿邮箱：bjhztr@vip.163.com
三河九洲财鑫印刷有限公司　印刷
重庆出版集团图书发行有限公司　发行
邮购电话：010-85869375/76/77转810
重庆出版社天猫旗舰店
cqcbs.tmall.com

全国新华书店经销

开本：880mm×1230mm　1/32　印张：8.125　字数：160千
2013年2月第1版　2013年2月第1次印刷
定价：29.80元

如有印装质量问题，请致电023-68706683

版权所有，侵权必究

序

贺绍俊

月上柳梢头,古今中外多少爱情之花是在月光下绽放。月光无限,爱情永恒。这正是我们将这套书系命名为"月光之爱"的用意。月光还象征着女性的温柔,它表明了这套书系均出自女性作家之手。当我们浏览古今中外的优秀小说时,也许会发现这样一个奥秘:女性作家讲述的爱情故事更加美丽、更加打动人心。正是这一缘故,促使我们下决心来编辑这套女性作家爱情小说书系。

社会意义和经典意义,是我们编辑这套书系的两大目标。

这套书系主要以新时期以后的小说为收录对象。新时期文学开启了中国当代文学的新纪元,中国社会从此也开始了以改革开放为标志的新的历史时期。新时期初始,女作家张洁的一篇

《爱，是不能忘记的》，曾经引起全社会的关注，人们从作品中感受到了作家对美好爱情的向往。但伴随着社会的变迁，我们越来越感到这篇作品的寓意深远，张洁仿佛是一位预言大师，当她在社会复苏的时刻，就预见到了富裕起来的人们逐渐会把爱情遗忘，因此她告诫人们：爱，是不能忘记的。事实印证了作家的预见，经济的发展带来欲望的膨胀，物质主义盛行，爱情越来越不被人们珍惜，但唯有文学始终与爱情相伴，作家始终在为爱情呐喊。作家们以富有魅力的叙述，保存着爱情这一人类最美好、最神圣的情感。那些在现实中迷失了爱情又渴望寻找到爱情的年轻人，或许能够从文学中获得勇气和力量。我们尤其不能忽略女性作家对爱情的书写，她们是爱情最真诚的守护人。因为正是从新时期以后，女性意识得到空前的觉悟，女性作家可以走出过去的思想迷津，对爱情被亵渎、被消费、被欲望化、被商业化的现实困顿看得更加清楚，批判也更加有力，她们凭着女性特有的敏锐和细腻，能够发现在恶浊的现实环境中爱情是如何顽强生存的。女性作家新时期以来对爱情的书写，不仅真实地记载了在社会大变迁中爱情的遭遇，而且对爱情做了现代性的思索。这恰好是我们编辑这套书系的出发点，我们力图使这套书系彰显其社会意义，读者阅读这些爱情小说，或许能够对当代爱情有更形象和更深切的理解，或许会对爱情更加充满信心。

我们的第二个目标是追求其经典意义。新时期以来的三十余年，女性作家所创作的爱情小说，经过岁月淘洗，逐渐形成了不少经典性的作品,如王安忆的"三恋",铁凝的"三垛"。有的还介绍到国外,融入世界文学的谱系之中,如徐小斌的《羽蛇》。我们希望这套书系能成为一套打造经典、激发原创的书系。我们想以选编这套书系的方式促成经典的成型,同时也以这套书系集合女性作家的智慧,激发女性作家的原创力,不断推出新的以爱情为主题的作品。因此,从经典意义上说,这应该是一套承前启后的书系。"承前",就是要把当代女性作家已有的成果集中起来,展现在读者面前。承前也是为了启后,"启后",意味着这套书系注目于女性作家在当下和未来的写作,为女性作家的原创性提供实现的平台。因此我们同时还要期望女性作家们思索爱情所面临的新问题,为这套书系写出新的作品。而新的经典也必将在这种承前启后的不断积累中锻造出来。

海上明月共潮生,当女性作家对于爱情的优美叙述会聚到"月光之爱"时,一定是"激滟随波千万里"的壮丽景色,我们更期待,女性作家共同建构起的爱情的理想家园,能够成为每一个人的心灵栖息之处。让爱的月光照进每一个人的心灵,也许这才是古人所憧憬的"何处春江无月明"的真正含义吧。

目录

序（贺绍俊）/ 1

致命的飞翔 / 1

回廊之椅 / 46

瓶中之水 / 85

同心爱者不能分手 / 133

子弹穿过苹果 / 172

去往银角 / 211

红艳见闻录 / 233

致命的飞翔

　　北诺曾经在我的青春期一闪而过，如同某种奇怪的闪电，后来她消失在我的故事中，一直没有出现。我再次看到她的时候许多年已经过去了。

　　我看见她的时候她正站在那幢灰色旧楼的护廊上涂口红，我想她大概要去赴一个约会，凡是对约会重视的女人都会先涂上口红，特别对一个三十多岁的女人来说，口红的重要程度绝对不亚于皮鞋。这个年龄的女人虽然风度成熟，魅力最佳，嘴唇却失去了血色的润泽，枯涩无光。上了唇膏的北诺一下变得十分美丽，我想这也不完全是口红的作用，更重要的是一种暗示，只要一个长得不难看的女人意识到自己美丽，她马上就会美丽起来。这是我的想法，就跟上帝说要有光，于是就有了光一样。

　　当时正是下午五点左右，残存的阳光照到北诺站着的护廊上，她侧对着我所在的方向，长及脚踝的黑色裙裤占据了她大半个身体。她的白色衬衣在傍晚显得十分干净,这使她既美丽又神秘,同时使我联想到打开的崭新的钢琴,以及从舞台上流淌出来的音乐。

我站在那里等候我的情人。

这是一个情人充满了生活的年代,人们说情人就像说自己的手足一样坦然,我需要情人就像需要父亲,登陆正是这样一个切合了我的各种需要的人。

当时登陆正在跟他的老相识道别。这位老相识是一个风韵犹存的女人,虽然她穿着那种图书馆特有的蓝大褂(这跟白大褂给人造成的视觉印象截然不同,前者总是让人联想到卖肉或卖盐的售货员)。我还是一眼看到了那种知识女性的气质与教养。她站相很好地在资料室的台阶上跟登陆说话,我想在60年代她也许是登陆潜在的情人,但我没有发展这个思路,因为北诺已经出现在护廊上,她更让我感兴趣。

在我的窥视中,北诺的衣服纷纷扬扬像鸟儿一样飞离她的身体,我自童年时代起就对女人的身体有一种病态的迷狂,常常需要看到它们。这个欲望曾经一度中断,正是北诺(她像一束阳光),她无意中让我看到了它。乳白色真丝内衣的那朵丝绣菊花散发着柔美的亮光,北诺曾经对我说,她死了以后希望我给她买一大把菊花撒在她的身体上,她的口气坚定而从容,就像她确凿无疑地看到了后来的事实。北诺的真丝内衣和衣服下面的身体永远使我感到一种透彻的美感,每当我看到好的人体摄影或人体绘画时我就想到北诺,她的身体的每一个弯度、每一处亮泽、每一个暗处都显示出一种令人惊叹的完美。我想我应当做一名摄影家。不是摄影者,而是摄影家,后者意味着更高的技能和对美的发现,这样才能配得上北诺。我将以一个女人的目光(我的摄影机也将是一部女性的机器)对着另一个优秀而完美的女性,从我手上出现的人体照片一定去尽了男性的欲望,从而散发出来自女性的真正的美。我想起另一个女人拍摄的以陈冲为模特儿的人体摄影,那种美丽十分接近我的理想,我有时沉浸在这种美丽之中,就像月亮悬浮在冰山之上,清凉,空彻,一切无关的东西都远离。那是多么的好,北诺。

她的内衣像一只鸟儿飞离了她的身体,这层柔软轻盈的织物带着皱褶和体温堆积在一只陈年的红木圆凳上。这只来路不明的圆凳一开始就在这间房间里,在北诺搬来之前就在那里。我看到这圆凳就在房间的角落里,它一直堆满了尘土,是否有一个早已逝去的女人使用过它?在某一个风雨之夜,这个女人踏上圆凳,把自己的脖子套在房梁垂下的绳索上,然后她蹬掉圆凳,气绝而亡。从此这只红木圆凳缠绕上了一种不祥之气。我看到它被北诺罩上了一个凳罩,这是北诺专门做的,她选用了一种碎花棉布,深红浓绿,细细碎碎的一片,中间镶着本色白棉布组成的菱形图案,风格有点像秀水东街出售给外国人的那种拼接图案的棉布床罩,漂亮,脱俗,富有装饰感。它轰然倒在镶木的地板上,木质相撞的声音回响良久,它们进入墙上和房梁的缝隙,隐藏在那里。因此我想北诺现在住着的这间房间是一间平房,它在一个三进的四合院里,也许这院子曾经是某个达官贵人的府上,1949年被收归国有,成为一个机关的所在地。

　　逝去女人的身影曾经在这间房子里飘来飘去,她的两条腿在空中击荡,发出圆润的声音,我想她的脚上一定有某种奇妙的佩器,它们相碰发出击玉般的声音。她的皮拖鞋(或绣花鞋,这关系到年代,她在这里是一个不同年代的女人。不同年代的自杀女人就是她,她就是那些女人,那些女人就是她)掉落下地,发出短促的声音,粉红色的脚后跟赤裸、孤独、光洁、美丽,它们悬浮在空中,它们的温度由热变冷,它们的颜色由粉红变紫红变青紫变青灰变灰白。它们停留在灰白的颜色上,直到变为灰烬也仍是这样的颜色。

　　北诺对这个逝去已久的女人一无所知。

　　她在这个房间里把自己给过一个(或两个)男人,那个男人到这里来,男人反复说我会帮你的我会帮你的,然后他们有些尴尬地对坐着。他们坐了很久,但也可能只是一小会儿,因为双方心怀鬼胎才失去了正常的时间感觉。这样的时间携带着莫名的空间和重量,使置身其中的人茫然无措。北诺的皮肤和肉体在无所事事的等待中感觉到这种重量,就像我和登陆处在僵持阶段时的感觉一样。登陆当时是一名掌有实权的官员,他对待我小心翼翼,据他后来交代,他以前的女人都是主动型的。对此我深信不疑,登陆虽然年过五十,但仍不失为一个美男子。当时他对我没有太多的办法，这因为我对于他显得过分年轻，同时我又太被动，我在等待这位年长的男子引导我，或者说引诱我。但当时登陆无法弄清我到底有没有过性经验，这将决定他怎样对待我。我就像北诺那样坐着，我听见登陆问我：你家里有什么人？我说应该有的都有。他显然不是想问这个，过了一会他只好直接问：你有男朋友吗？我笑笑没说话，他有些窘。我想他还是没搞清楚我到底是不是处女。我无辜地坐着，登陆不停地喝茶，后来他想起来放舞曲，音乐一响他就放松了，他说：李蔫咱们跳舞好吗？我说我不会。他说怎么可能呢，我来教你。他把我拉起来，我咯咯地笑，很像一个放荡的女孩。登陆从我的笑声中感觉到了性的意味，他一把搂着我，他的气息就在我头发的上方，它们像一些春天的灰色兔子在原野奔腾，肥硕，健壮，不可阻挡。如果是现在，我可以用生猛海鲜的"生猛"二字来形容，这样就更生动和通俗一些。他的气息浸入我的全身，就像一只无形的手触摸到我身上最敏感的地方。

气息就是肉体，就是嘴唇和手指，它们真实地抵达了它们的彼岸，这种抵达毫不费劲，就像地心引力吸引任何物体一样轻而易举。我听见这些气息散发的地方发出我的名字的呼唤，他说：蔫蔫，蔫蔫。这声音携带着气息，小声而变形，有一种奇怪的柔软和一种奇怪的坚硬混合其中，使我感到它不是出自登陆的口，而是来自他身上某个隐秘的器官。

有一种潮涌在我们身体的中间漫洇。我看到北诺的衣服和男人的衣服重叠在一起，窗帘的缝隙使我们只看到这些，我听见他们的声音在床铺和圆凳的上方撞击，她发出的叫唤被一种强大而结实的东西堵住，血液奔流的声音在画外隆隆作响，像瀑布、林涛，又像火车行进的声音。我们体内的汁液就是这音响的源泉，飞湍的激流在我们的身体内，我们的身体在飞湍的激流中，肉体就是激流，我们从高处往低处流淌，超出常规的速度使我们骤然失重，体内被抽空又被充塞，身体一次又一次地顺流而下，水花飞溅，我们发出一声声欢快的叫喊。

北诺和我，我们体内的汁液使我们闪闪发亮。

北诺搬来之前这个房间堆放着过时的公物（那些灯壳、褪色的横幅、绳索、旗杆、红绸、锣鼓，令人想起万人大会的年代）。它们早就不被使用，杂物房的木门一直未被开启。部机关向来不允许住人，北诺所在的部机关报每次分房只分两套。离婚的北诺在办公室住了近两年，她找遍了包括一位副部长在内的所有领导，至于本单位的一位管行政的头儿，她更是找了许多遍，这种频繁的接触使我感到有些暧昧，到底发生了什么事情呢？我想我如果是北诺，我很可能做出某种交换，一劳永逸的事情太有诱惑力了。（我们在下面可以看到一些悲剧正是潜伏在这里，它从我们的身体逸出，散发着血的气味，它在我们前面的不远处，面容模糊，我们看不清它，但它肯定在那里，像一只猫，或者一只陈年的红木圆凳。）当然这里有一些理论问题使我们感到迟疑，但在我们的生存中我们总是行动第一。北诺柔软而飘逸的裙裤在寂静无人的走廊上拂动，在那幢四层的灰色办公楼里还有一个房间亮着灯，那是一个不喜欢回家的头儿，（喜新厌旧是我们的天性所在，是激情年轻的证明，如果我们永远跟一个人生活有什么意思呢？）这个头儿总是以各种借口不回家，他从未想到离婚。他勤奋工作只是不想回家，北诺在人去室空的办公室里，她在布幔遮住的床铺旁总是做同一样事情：照镜子。她总是被自己的美丽所倾倒。天已黑尽，她到走廊去，看到白亮的光线从门与地板交接的地方散发出来。

他们还是没有给她房子，她的分房条件比起另一位一家三代只住一间房的中年记者来还是差得太远，这种态势使人意识到，弄不好就会有人动刀子。幸亏那位不想回家的头儿十分义气，到部里为单位争取到了一间放置照相器材的房子（就是那间堆放公物的杂物房），又召集分房小组成员开了会，将这间房子分给北诺，作为幌子的照相器材放在窄小的外间。

我在离登陆几步远的地方翻书看，这个系资料室的书库已经很久没有清扫了，书架和书都积着一层厚尘，每抽出一本书都使我感到呛鼻。

这个糟糕的地方是我一个月来的约会地点，选择这个既没法坐下又不便躺下，既没有风景又没有东西吃的地方约会实在荒唐，我想这既出于我的无聊，也说明登陆对我的感情日益淡薄，已经到了走下坡路的时候了。

我往登陆的办公室打电话，我说：登陆，我想你。登陆一听就说：我正在开会呢！他连忙把电话挂断了。第二天我又给他打电话，登陆在电话里正色说：李莴，我这几天要到张自忠路的人大资料室去查资料，你到那里找我吧。我问资料室有什么好玩的吗？他告诉我那是一个十分重要的地方，是段祺瑞政府所在地，北师大学潮惨案发生地，刘和珍就是在那个门口被打死的。难道你不想看看旧时代的政府吗？

我乘十三路公共汽车到张自忠路，果然看到了那幢象征旧时代的灰色大楼，我对它的外围那雍容自得的护廊以及外观上所有复杂的细节都十二分地喜欢。本来我一直以为我是欣赏那种简洁明快的现代建筑风格的，我对烦琐的东西最反感，在所有朝代的工艺品中，最憎恨清朝的工艺品，只要看上一眼就会引起生理上的反应：头晕。如果有谁想陷害我，只要买上一套清朝工艺品的明信片散放在我居室的桌椅床铺等处，在这样的环境站上几分钟，那个叫做李莴的女人就可能被诱发狂躁型精神病。但这幢灰楼是西洋风格的建筑，它使我有新奇感。同时它门户紧闭，护廊空疏，是一部悬念片的好实景，有可能被希区柯克看中。

北诺就是在这幢灰楼的护廊上出现的。

后来我才搞清楚，她到这里来也是和登陆一样，是来查资料的，那个风韵犹存的女人是北诺的姨妈。当时北诺在单位的改革浪潮中刚刚被解聘，这使她灰心丧气、空虚无聊。至于落聘的理由有以下说法：因为北诺不识时务地请了两个月病假，这期间单位领导班子变动,旧班子全部换班,新班子励精图治实行改革,采取了聘任制,各部门限制人员,部头一看,北诺这人好久没看见,干活也不勤快,就没聘她。有人说,她请病假是为了学开车,据说这个时期跟她半公开同居的是一个制片人,这类人在90年代成为文化的带头人、文化权威,承担着引导人民的文化消费的重任,被誉为文化大腕。他们炮制一部又一部电视连续剧,动用所有的宣传机器(它们就像熊熊的火焰,热的力量回环往复,像永不休止的风车,像风)。他们就像做糖炒栗子,将大量的沙子炒得热气腾腾,散发出强烈的、虚拟的香气,这香气吸引了大家,像媒婆一样引起了我们的好奇心,使我们在夜晚消遣的黄金时间看他们塞满了广告的电视连续剧。我想这就是我们在前面看到的那个穿红毛衣的男人,北诺跟他曾经有过良好的感情基础,但后来没有人知道他为什么不见了。

那件荒唐的事情就是这个时候干的。

谁要是看到这一年有关假新闻的年终报道就会明白北诺干的是什么事情。有一份报纸作了统计,并且列了表,叫做《假新闻大曝光》,有标题、作者姓名单位、所发表的报纸。

一共列了十条假新闻。

其中一条的作者姓名栏写着北诺的名字。

我在尘埃密布的书架上找到一本《胡风事件的前前后后》,我立即朝登陆嚷道:你干吗不选胡风事件?这里全都有了!架上的灰尘被我大呼小叫的气息所拂动,在我和登陆之间尘土飞扬弥漫,在昏暗书库的黄色灯光下,尘埃的颗粒像乌云一样厚密。每一粒灰尘都在反光,这层尘埃的光幕使我看不清登陆,他的身影就像在雾里一样影影绰绰,朦胧得像修拉的画。我越过浓密的灰尘走到登陆跟前,把手上的书给他看。

　　他说我知道了。然后又埋头看一本《师哲回忆录》。他对我的热情采取了这样干涩的反应,这使我心生怨气,我恶狠狠地把《胡风事件的前前后后》在他衣服上猛拍几下,灰尘把他呛得直咳嗽,我说咳得好!登陆说李苪你别这样,这使我觉得他像一个父亲而不是一个情人。(月影横斜、月白风清、月华如霰的夜晚,登陆说:李苪你是一个捣蛋精,一个没心没肺的人。他的气息散尽了热量,如同已经消失的月光。)我站在他的身边不动,就像抗议,这是一个寸步不让的爱情立场问题。我常常想到,登陆家里有一个恩爱的老婆,外面又有我这样一个情人,这使他的生活十全十美,我常常觉得,我对于他仅仅是一种点缀,是无足轻重的。点缀这个词又一次开始(它实际上早就潜伏在我衣服的皱褶里,飘浮在那间我借住的小屋的床底下,在被子里和枕头上,在两种完全不同的肉体的接触处,在我腰间的那只手上,黑沉沉的睡意扑来,我进入睡眠之前还听见他的叹息)在这个尘灰弥漫(它们在灯光下的扩散偷换了月华之霰,美好的感觉轻易地就被败坏了,或者说它们搅在一起像一锅烂粥)的书库里自下而上地升到我的心口。这个词被我一次次地强加在我与登陆关系中李苪的头上,像一朵难看的大花(灰色、下垂、委靡不振、丧气）被我戴在自己的头上，像一只病鸡戴着一顶歪腻腻的鸡冠，这个喜欢自虐的人在尘土弥漫的书库中看到自己心造的形象。

那些令人不快的想法在她眼里膨胀着，有颜色（沉闷的灰色）、有重量（她感到胸口有些闷）、有声音（类似于噪音的那种不和谐音），既柔软又有穿透力，这片灰色的东西把她笼罩住缠绕住了。紧跟在这片东西之后的，是阴谋、复仇和恶作剧。我们不知道最后是什么。我听见自己在心里说：登陆，我真想去当妓女。他的身体挤压着我，在垂下了窗帘的小屋子里，我紧闭着眼睛，用身上最敏感的地方感觉着他。但是我感到自己疲惫、干涩，摩擦使我不舒服，我说：登陆，我在想象自己是妓女。那个无耻的字眼使我感到了刺激和快感，干涩的感觉顷刻变光滑了，像手握着无鳞的鱼那样有种滑腻的感觉。事实上，现在的妓女已经大大进步了，不太存在逼良为娼、生活所迫的问题，所以她们总是不情愿从良，从教养所出来接着干。指望一场性的翻身是愚蠢的，要推翻男性的统治是不可能的，我们打不倒他们，所以必须利用他们，这是谁的脑子里的乱七八糟的想法呢？北诺在这个阶段，这是一个假新闻败露后万劫不复的痛苦时期，那家南方报纸在头版的右下角刊登了北诺痛定思痛的检讨，署了真名。这篇东西就像一块通红极盛的炭火，日夜在北诺的心口吱吱作响。

那个秃头男人就是在这片声响中出现的。秃头男人一边耳朵上方的头发必须长及肩际，而后才能横跨整个头顶遮掩住寸草不生的地方，如果风从相反方向吹来，就会出现奇观，整个头顶触目惊心，而另一边的头发却飘垂至肩。这个滑稽的形象在做爱中多次出现，以至于从根本上决定了我们这个故事的过程与结局。

让我们把线索理清楚。

那一次的特征是一只式样新颖的天蓝色旅行袋，（不是密码箱，也不是过时的帆布旅行袋，这使我们想到这位秃头男士并不需要冒充大款，他有充分的自信并认为：密码箱不轻巧、易引起抢劫者的注意、某些地方的民航候机厅的物品保管处不予保管等等都是它的弊病，而新式的旅行袋是某一次会议的纪念品，它象征了小有实权：新派、洒脱、冒充年轻。）这只旅行袋鼓鼓囊囊松松垮垮地装着洗漱用具：牙刷、毛巾、小型肥皂盒、电动剃须刀、手纸、手帕、换洗内衣、香烟等等，它们在半个小时前刚刚被放进去。这只新颖的旅行袋放在靠门的一张旧椅子上，斜对着大床。大床上凌乱地放着平常的枕头和毛巾被，床头上有新的没有用过的毛巾（带着浓重的性意味）。男人说：这是特地去买的。这张大床一看就不是夫妻的床铺，房间也不是夫妇的卧室。主妇身体不好，需要独自安卧，男人在另外的房间（它的凌乱很像单身宿舍，缺乏主妇应有的关注）。

一切最初的引诱和挑逗（这是相互的动作，男人用他的权力放出钓饵，诱取女人的色相，女人用她的色相做诱饵，诱取男人的权力，开始时这是一笔两相情愿的生意，虽然两相情愿，却不便说出口，说出口对男人和女人都不好，男人在女人的心目中会永远地成为以权谋色的下流坯，女人在男人的心目中会永远地成为卖淫妇。）不便明说，就要暗示、试探、敌进我退、欲盖弥彰，男人怕上了女人的当，女人怕吃了男人的亏。这种交锋既锐利又晦暗，一个生手会十分吃力，双方要在外围徜徉良久，他们说些别的事情，她说某某女士说只要某某怎么样（一个好处）她一定会怎么样，他想她说的是别人实际上是暗示她自己的一种可能，他伸出手去试探，她又故意缩回去做点姿势，她想她不能降价处理了（一种彻底的商品立场）。有时会出现沉闷的僵持状态，总要有一方作出让步，个中布满玄机，是人生的一大学问。

都已成过去，如同一只船，驶过了暗礁和险滩，它们统统在了身后，前面是一片宽阔的水面，形势已经十分明朗，令人心旷神怡，只要坐在水上，一点都不必紧张，船会按照规律在水面上光滑地流过，这就是前景。谁是船，谁又是河水呢？

男人说让她填一个表，让她到家里来拿。北诺说：好，我来。她想那件事肯定是要发生的，想到这件事她本能地想到自己的内衣，女人总是这样。北诺去买了一套黑色真丝内衣，后来她又觉得黑色虽然神秘，并且能衬托出肤色的白皙，但也许只是一种女人的趣味，于是又去买了一套比较肉感的暖色调的真丝内衣。像水面般光滑、柔软，半圆地凸现在丝绸下面的身体富有弹性，温暖，撩人，随着心脏的跳动微微颤抖，就像有一种细小的风轻拂而过，使真丝内衣上的本色花朵生动起来。

自从同居者在生活中消失，北诺已经很久没有性生活了，想到她姣好的肉体将要再次在一个异性面前展开，她甚至有些激动,于是她对自己说:这不是一场性交易,而是她生理的需要,就像饿了要吃饭一样,尽管饭不好,还是可以吃的。她想象自己将躺在一张大床上,穿着内衣,线条动人地躺着,几朵丝绣的菊花在她乳房的上面闪着隐隐的乳白色的光泽,窗帘已经拉上(这是一种有用的布景),但还是有些被过滤剩下的阳光漏进来,朦胧地恰到好处地洒在大床上,北诺的身体就在这圈光晕中。床正对着衣柜上的穿衣镜,她从镜中看到自己的身体撩人地陈列在床上,她的双腿双臂光滑地裸露出来,就像在海滩丽日之下晒太阳的女郎。(这使她联想到西方,热烈,大胆,疯狂,与这里偷偷摸摸半明半暗的气氛完全两样。)她对着镜子调整了位置,镜子的最大功能就是使女人产生完美的欲望。北诺尽量挺着胸,收着腹,在镜子里她看到自己细腰丰乳,她有些病态地喜欢自己的身体,喜欢精致的遮掩物下凹凸有致的身体。有时候当她一个人的时候她会把内衣全部脱去,在落地穿衣镜里反复欣赏自己的裸体。她完全被自己半遮半露的身体迷惑住了,她感到(或者是想象、幻觉、记忆)一只手在她的身体上抚摸和揉搓,手给予肉体的感觉最细密、最丰满,它的灵活度导致了无穷的感觉层次,既能提供富于力度的抚摸,(那富有弹性的组织是如此魅力无边,使我们不忍释手,我们天然地要寻找这样柔美的事物,就像雨水要落到河里而太阳要升起。在这个时代里我们丧失了家园,肉体就是我们的家园,肉体靠到了一起就是回到了家,那是一个温暖的富有弹性的地方,我们不用到达那深处的、鲜红的跳动着的地方，我们只需在肉体的外围就感觉到回了家，那令我们战栗和潮涌的奇妙无比的家。）又会像风轻轻掠过我们的毛孔，既热烈又柔情。

北诺在想象中微微地夹住了双腿，她的身体隐隐起伏，她感到下身有些湿润了。潮涌来临。我们体内的汁液使我们的身体闪闪发亮，我身体的起伏越来越大，登陆开始时还用一种变形的（既像挣扎又像呻吟）被堵塞的声音呼唤我的名字，他在我的上方说："芮芮，芮芮。"后来这双声叠字变成了单音，像一个气短的人在吹一只破喇叭，后来这声音变成了喘气的声音。喘气持续了几分钟或者是十几分钟，在激烈的动作中我们无法准确地判断时间，之后变成了长短不一的怪叫，男声和女声此起彼伏，既像呼应，又像争夺某种东西，它们拼着命，舍生忘死，壮怀激烈，这种叫声是如此怪异，使我们分不清它到底是快乐还是绝望。它在一声最最绝望的号叫中戛然而止，随之而起的是一声长长的气息。我们的身体松软下来，松软使我们不堪重负，我们迫不及待地将身上的人推下去。我们体内的汁液从身体的最深处通过两种通道到达身体的表面，一是遍布全身的毛孔，一是众所周知的下体的器官，我们全身水分淋漓，产生一种运动过后满足的疲劳。这种运动既丑陋又优美。

我在张自忠路那幢旧时代的灰楼后的简易房里对登陆产生了报复心理，他对此一无所知。他在尘土旋转的书库里入迷地看一本书，我用《胡风事件的前前后后》也没有把他的注意力引开。

幸亏人家要关门了。登陆走到楼外的市道上仍沉浸在材料中,他兴奋地说今天查到了两条有用的材料,你知道吗?他说,1949年12月毛泽东到苏联访问,斯大林递给毛泽东一封信,说:毛泽东同志,这封信的内容你可能感兴趣。登陆说,这信就是科瓦廖夫写的,此人长期在东北,和高岗很熟。信中说高岗认为党内有一股亲美反苏的势力,代表人物就是刘少奇。毛主席看了信,就跟师哲说高岗告洋状。登陆有些眉飞色舞,我很想问他:刘少奇是谁?这是我的一盆冷水,我想把它泼在情人登陆的头上。但在最后关头我忍住了,我想我还是应该尊敬刘少奇。

　　登陆忽然想起来告诉我,说他要出差一个星期,让我第二天就不要到这里来了。他说一回来就给我打电话,其余时间应该多到单位走走,跟人聊聊天,与同事搞好关系。这是他多次对我说过的话。我从不讨厌这些,这使我生活在现实社会中,不然我会十分空虚,如同飘荡的空气。我嘴里答应着登陆,心里却在盘算着我的侵略计划。我想第一步应该趁登陆不在家的时候到他家作一次侦察,我眼前立即出现了登陆家那套四室一厅的套房,他老婆不在家的时候我曾经去过两次,对这四间房的布局和每间房的功用一清二楚,它的拐角、阳台、卫生间、厨房。虽然登陆和妻子各有自己的房间,那一间房间是她的私人领地,我在登陆的家里偏执而无礼,坚持要到他妻子的房间去。我推开门,到她卧室的床前站了一小会儿,获得了一种侵入的快感。登陆站在门口,容忍了我的无礼举动。

想到要单独面对登陆的妻子使我兴奋得全身紧张，充满力度。我将怎样开始我的行动呢？给她送去我和登陆相拥的照片？还是学美国电影《致命的诱惑》，将一只他家饲养的兔子（或鸽子，或宠猫）连皮带毛整只炖在锅里等待他们的归来？这个想象使我毛骨悚然，同时我在想象中做一个恶毒的女孩使我全身血液加快，瞳孔放大，两颊潮红。善良是一个平庸的字眼，只有恶，才充满力度和美。不过我还是寻找一个更温和的办法，因为我还要在社会中生存，作恶会破坏我的形象，使我遭受损失，把恶毒的念头放在心里并不是因为对别人产生恻隐之心，也不是缺乏胆量，而是因为自私，考虑到退路，所以我十分羡慕那些敢杀人放火的人，亡命之徒同时也是英雄豪杰，他们义无反顾地把整个自己交出去，仅此一项就很英勇。

温和的办法是从台湾电视片《家有仙妻》里学来的，这是一个电视的时代，电视连续剧教育着我们，引导着我们，是我们时代遍及大地的教科书，是我们的空气和路标，是夜晚的灯和饭桌前的菜，它深入了我们的躯体变成了我们的灵魂。我们全都是这个时代的电视人，只要涉及电视，只需半句话、半句歌词，我们就会心照不宣。我一下就想到了那个手持大剪刀的女人，她在一个降格镜头的快速运动中将剪刀的尖头刺向那个红T恤的男人，定格，男人惊恐万状，我想他马上就要死了，但是我们看到的下一个画面是，红T恤男人身上的衣服被剪得支离破碎。别人狼狈不堪使我们心怀快意。我想我的目的不是要把登陆置于死地，而是一种表示，一种警告。

有时我会冒出一个可怕的想法：登陆是否在更大程度上把我仅仅作为一个性的器官而不是作为一个女人？我坚决地否定了这种可怕的设想。这是一个丑陋而恐怖的黑洞，足以吞噬一切美好而真实的情感，我的否定就像一张草席子将这洞口覆盖住了，而那些美好的事物：音乐、寂静的相对、爱情的诗篇、凝视、倾听等等，全都像轻盈洁白的雪花纷纷落到草席上面，它们很快就积成了白白的松软的一层，美丽而干净，没有人能想到这下面还有一个黑洞。但是我想到了北诺，让我们回到那正对着大床的穿衣镜，她在想象中听到了水声，水落到我们的皮肤上，凉爽，润泽，畅快无比。水花溅在女性的躯体上，如同一棵优美的树干上迅速地长出许多透明的花朵，它们飞快地变幻，一秒钟也不停留，它们在一秒钟之内生长和消失，另一秒钟诞生的又是一些新的花朵，它们从不重复，自天而降（天就是高处的喷头），携带着激情和力量，它们是一种向下流淌的火焰，它们所到之处唤醒了我们的血液。我们总是敞开我们的躯体迎接这奔流而下的——水。做爱之前沐浴只是北诺的想象，她躺在大床上听到的水声仅仅是抽水马桶的声音，之后是水龙头喷出的水与洗手池短兵相接的声音。

男人走进房间，他看了一眼墙上的钟，他说我忘记告诉你了，我得临时出一趟差，有一个会，对方非要让我去，说如果我不去规格就不够，我怎么也推不掉，他们还让人把票都买好了，过一会儿司机还要给我来电话。

男人说：还有半小时。我们抓紧一点。

男人脱他自己的衣服。

男人说：你快脱呀！

男人说，你不高兴了？

男人说：你很快就会高兴的。

男人说：我来帮你脱吧。

一切北诺想象中的手的美妙、舌头的美妙全都没有出现，它们变成了天国的佳果，远远地悬挂着。她体内的汁液凝固成一小坨冰冷的固体，冰冷而坚硬，顶在她的心口上。

她全身僵硬干涩。

她僵硬而干涩地感觉着男人身体的压迫，以及干硬的进入。时间不长，但她觉得男人的身体就像铁一样重，一点人的感觉都没有。她像忍受酷刑一样忍受着这桩本该十分美妙的事情。

她觉得自己全身都是冷的，她冷冷地看着扭曲变形的那男人的脸，她想她若是一个女巫，事成之后她将诅咒他，让他得一种可怕的病。

穿衣服的时候来了一次电话，是司机打来的，问什么时候来接他。男人说：过五分钟吧，过五分钟再来。

北诺坐在床沿上，她看那男人把那天蓝色的旅行袋拉开，把里面的东西清点一遍，又匆匆找出几盒好烟塞进去。

他看到北诺还坐着不动，便说：你抓紧一点，司机一会儿就来了。

北诺冷眼看着他，还是不动。

男人有些着急。

他说：实在对不起。

北诺还是坐着不动。

男人才忽然想起，说：对了，表格还没给你。

他急急地在公文包里翻找，一边说：我一直想着这件事的。他在包里没找到，又到抽屉里乱翻，还是没有找着。他自嘲说：越急越出事。

他看了一下钟，说：实在来不及了，北诺，你要相信我，只要飞机不出事，我一定把这个事情办成，这次实在是太急了，我一回来就给你打电话。

这次北诺就没有如期得到那张她需要的表格，这关系到她能否换一个合适的环境（这太重要了），关系到她能否有一份独立的生活，关系到她能否有一天东山再起。这些，都是至关重要的。为了这些她必须忍着这口气。

用不了多久我们就会看到，血的气息就是从这里开始升起的，这次的事情犹如太阳升起之前的朝霞，光芒已经在地球的边缘弥漫着了。

登陆在我的住处与我共度良午（良宵属于他的妻子），但他的思路总是停留在高岗、饶漱石的案子上，他说有些事情他从前不知道，这次查资料倒了解了不少事，很好玩的。他说：1954年

2月，美国合众社从东京发了一条消息：毛主席退出政治舞台之后由谁接班？其中还写到高岗在东北如何受拥戴，毛主席3月份在这条通讯上作了几点批示，其中一条是，日本人情报机关对高岗很熟悉，美日两家情报机关是合作的。

登陆说这好玩吧？

他说有人请他搞一本畅销书，出一套共和国的大案，一个案子一本，二十万字，两个月交稿，本来已经说好他搞胡风那本，后来他觉得搞胡风事件太压抑，又换了高岗。登陆在一个要害部门任职，改革开放以来，这个部门越来越不要害了，登陆没有什么事情可做，无所作为，虚度光阴。有一天，有一个同乡来找他，同乡本来在出版社，不知怎么就成了小有资产的书商，时间就是金钱。同乡十万火急找到登陆，诱之以重金，请登陆帮忙。这件事像路标一样指明了登陆在商品社会中的大方向，登陆私下跟我说，即使不出版也值了，我可以思考很多有意思的事情。他沉浸在高岗事件中，平均每隔半天就跟我说一次：政治斗争真是太复杂、太微妙、太有意思了！

登陆走后我百无聊赖，我不想上班，也不想评职称，我在我的房间里摆上各种镜子，我看到我的夹肢窝边上长出了一道皱纹，细细的，却很显眼，我把皱纹往上一扯，皮拉得长长的，就像我小时候拉外婆脖子上的皮一样，这个现象触目惊心，使我想到了自己的年龄，我母亲二十二岁生我，她在我这样的年龄已经是第二次结婚了。一个很有见地的女友多次教导我要早些结婚，早些生孩子,这些事情越晚就越不好办,越早生孩子越好恢复,而恢复好了干什么都来得及,我现在认识到这的确是一至理名言,我母亲一退休就宣布她要到深圳与人合伙开诊所,令我吃惊不已。

想到年龄我立即动身找出一个鸡蛋,我一边在脸上抹蛋清一边想,我需要有所行动了。我这样混下去有什么意思呢,我应该进行改良甚而进行一场革命,或者让登陆离婚跟我结婚,或者我离开他。我忽然觉得需要一个家庭和一个孩子,这两样东西很容易对过了三十岁的女人产生诱惑。家庭和孩子,那是多么暖人多么可爱的事物!既是花朵又是果实,它们芬芳地围绕着女人,散发出湿润的气息,这些气息沁入女人的皮肤,是最好最天然的营养物,我们总是看到独身女人精心装饰过的脸孔有一种遮掩不住的憔悴。孩子的笑声就是天堂的笑声,我在寂静中听见那笑声从我身体的深处飘逸而出,一阵又一阵,令我心疼和迷醉,它们就像夏天莲塘的气息。

在我和登陆的交往中,我总是精确地记住他所说的有关他妻子的一切。我知道,她叫兰若,她的名字令我嫉妒。上海人,她的籍贯令我嫉妒。毕业于名牌大学,任职于一家很有名望的大出版社,他们的女儿在美国留学。总之她的一切都令我嫉妒。

我希望她的长相不如她的名字那么美,但这个幻想在我第一次去登陆家的时候就破灭了。她的卧室里挂着她的单人照,从照片看上去,兰若有点像从前的电影明星王莹(我刚刚从一本书上看到王莹的照片），只不过是没有那么细的眉毛。

登陆说兰若在年轻的时候曾经很出过一段风头，当时她在社科院搞一份报纸，经常跟当时的院长郭沫若接触，郭老曾经夸她的字写得好。这个线索使我想到要冒充记者采访她，我在电话里说我要写一篇有关郭沫若的文章，需要请她帮忙，我使出编辑惯用的伎俩，一开口就说了许多好听的话，说我读过她的文章，十分佩服，等等。她告诉我她家的地址，如何穿过一个菜市之后往北拐弯。

这样我就在我熟悉的房子里见到了兰若。

她几乎就像照片上那么漂亮，只是没有那么年轻，但这种不年轻并没有损害她的美，反而给她的容貌增添了一层浓醇的光彩，使我觉得她年轻时的照片反而有些单薄了。我想如果我在二十多年之后有她这样的神采，生活就是值得的。

她问我她家好不好找，我说不太好找。然后我就开始称赞她年轻美丽，这是我跟女性打交道的习惯，这样可以使我放松，使我不心怀嫉妒。兰若是一位很有教养的知识女性，她没问我的年龄籍贯婚否，也不跟我夸自己的女儿丈夫，她拿出已经准备好的旧报纸和旧相册让我看，我在那张兰若和郭沫若合影的照片上凝视良久。

中午她留我吃饭，她手脚麻利地在干净的厨房里做了一个很香的炒饭和一个蘑菇汤。之后她又送我到电梯口。

在大街上我心情沉重地想：是谁，使我和兰若这样优秀的女人成为敌人的呢？

现在我的眼前是那条灰色的走廊，它十分长，它的两旁一边是旧时的灰墙，一边是风景，这里在周末下午四点就没人了。这种寂静有点像很久以前的景象，那个上吊自尽的女人还在园子里头荡秋千，她的裙裾在走廊里拂动，我看到她的生命像一种褪色的花朵，随着天色的黯淡而变灰，变得轻盈、松散。花瓣们在寂静的院子里飘飞，像灰色的魂魄，飘飞着溶进夜色。

这条灰色的走廊会通向哪里呢？

走到尽头，我们会听见私语还是爆炸的声音？私语是一些落叶，一些雨水，一些轻盈飘飞的事物，美而无力。爆炸是力量与火光，它照亮黑暗，在空中闪耀，开放出另一种美丽的花朵，它是真正壮丽的形式。

走到尽头，也许还会看见玻璃，玻璃挡住了我们，但我们清楚地看到外面，希区柯克的鸟儿就那样向我们飞来，它们矫健、众多，它们英勇无畏，发出惊天动地的呼啸声，它们呼啸着从空中俯冲下来，它们拼着命冲向玻璃。我们看到整个天空布满了这种黑色的鸟儿，它们的翅膀充满了力量。

我们不知道它们为什么要这样。

这样的景观令我们触目惊心。

有一天我接到朋友的电话，问我有没有兴趣和时间到内蒙古去一趟，说那边有一个人要开作品讨论会，让人在北京拉几个记者去助威，已经找了三男一女，还差一个人。三男中的一男请朋友物色一位女士冒充某日报的记者，只要是个人就行，到时候装傻不说话，就说是新来的，一问三不知准保露不了馅，稿子也不用写，有人写好，同样有人能在报上发出来。

这等好事简直就像是从天上掉下来的，我问朋友怎么非得是女的，他说已经有了三男，再加一男就阴阳失调不好玩。朋友又让我跟一个叫大宝的记者接上头。

一群乌合之众在北京站西大钟前集合，大宝将名字一一对上号，又发了票，然后领着众人进站，那样子有点像导游，又像非洲部落的首领。大宝上车不久就开始发表高论，他的每一句话都石破天惊，无人能与之应对。我对大宝的敬佩油然而生。

在内蒙古的几天，接待单位弄了一辆号称"巡洋舰"的日本越野车从呼和浩特一路开到锡林郭勒草原，看到了骆驼群、马群、牛群、羊群，草原上所有的自然景观都令我们大开眼界，天不是原来的天，它就在头顶之上，矮得出奇，星星又大又多，悬挂在眼前，路就是前方的一条线，确实是到了地球的边缘，"巡洋舰"以一百二十迈的高速朝天边猛冲，使人担心随时都会从地球上掉下来。乌云来了，从天边向我们的头顶聚集，低得就像在车顶，满天满地的乌云如同一头巨大无比的黑色猛兽变幻着各种形状追逐我们的车子，又放出种种我们前所未闻的类似怪叫的雷声，天角偶然露出青蓝的一瞥，却又像天的鬼眼。大雨下得我们孤独而绝望，雨过天晴，前方出现了一道横跨整个天际的巨大彩虹，我们此生从未见过如此壮美的景象，我们深深地被震慑了，眼含泪水望着它久久说不出话。我们的车子迎着彩虹开去，我们想，我们激动地想，我们就要穿越彩虹了，就要开到彩虹里面了。

但我们一直在彩虹的外面。我们永远到不了彩虹的门拱。

我们在落日时分到达一个城市，此时的草原城市无比辉煌，沐浴着金红色的光彩，所有的屋顶都在闪耀，所有的男人和女人、老人和孩子，全都上了一层油画般的浓彩，明艳而沉着。而太阳，就在路面上滚动，从脚底直到天边。

美丽的事物确实涤荡了我们心中的污泥浊水，使我们产生了一种美好的感情，在我和大宝的对视中，我觉得，有一种东西在我们之间产生了。

登陆给我看一条毛主席语录，在90年代，这个词已经生疏了，如果我不用，就很少有人用了，我觉得在这点上我可以图个新鲜，就像时装的轮回一个道理。实际上这并不是一条语录，而是一封电报。

登陆对这封电报崇拜得五体投地，他连连说：太厉害了，毛主席太厉害了，实在太厉害了。登陆在这条材料的下面写了以下眉批：

　　此信高屋建瓴，厉害至极。
　　1. 不让高岗摸底。
　　2. 把高岗置于他所反对的人之下。

3.会议方针是作自我批评（这是观察高岗），毛已告刘作自我批评，但不是自己的错误不要承认。

4.此信由刘给高岗看，等于是通知、通令。

5.形成对高岗精神上的高压。

6.拉开了毛同高的距离，拉近了同高的反对派的距离。

7.高岗看了此信，当喘不过气来。

我又开始化妆，我现在的妆要化得好多了，这是我精心研究的成果，这种研究的动力除了女为悦己者容外，取悦自己也是一个重要的因素。长期以来我认识到，感觉自己年轻是年轻的一个首要条件，所以我常常在睡眠不足的早晨、精神委靡不振的早晨、失恋的早晨、认为得了癌症的早晨，为自己化妆。

我用一种深棕色的眉笔淡化我的文得过深的眉毛，因我的眼睛太大，所以眼影要十分慎重，又大又深的眼窝无疑不好看，我小心地用纯黑色的眼线笔将眼睛加长（而不是加大），黑色往眼角的方向发展，这会使我的眼睛长而妩媚，比单纯的大要多一些神秘和成熟。然后我必须上腮红，这能改变脸形并增加层次，一上完腮红立即好看多了，最后剩下嘴唇，我参照时尚杂志的图示，先上一层无色唇膏，再上一层暗红的唇膏，用面巾纸将油抿去，扑粉，用唇线笔描唇，再涂上唇膏。大功告成的时候在镜子里容光焕发，年轻动人。报纸上说，打扮是延缓衰老的秘诀之一，原因在于打扮得年轻能使身体分泌一种有益于身体的酶。

化妆是一种暗示，而不是一种欺骗，我们为什么不暗示自己年轻些、健康些、快乐些、美丽些呢？

所以没有事的时候我喜欢化妆，化了妆我希望有人来，如果没有人来，我就照镜子。这点我跟北诺一样。我们斜躺在床上，阳光照在我们的身上，热烘烘的像人的舌头，这舌头在一个巨大的人的嘴里，那人四肢并用在我们的身上奔驰，舌头像春天一样柔软娇嫩，气喘吁吁地掠过我们的身体，那是一种致命的接触，湿漉漉的温热，像闪电一样把我们的欲望驱赶到边缘，我们的身体如同花瓣，在这热烈的风中颤抖，我们的面前是春天的野兽，它通过太阳把一个器官插进我们的身体，它刚刚抵达又返回，在往返之间唱着一支蜜蜂的歌，这歌声使我们最深处最粉红的东西无尽地绽开。

这是已被我们确认的一种快乐，长久以来我们把它隐藏在内心，我们是不许出声的一类。长久以来我们只对自己说，或者对我们的镜子说。

有一些女人就要从镜子里出来了，她们最英勇最活泼，因此最美丽，她们的身体触碰到镜子冰冷的表面，我听见发出了吱吱的声音，这种声音灼伤着她们的皮肤，灼痛着她们的眼睛，但我们最后听见砰的一声，镜子在空中舞蹈着，破碎在地上。

我将去找大宝，想到要去找大宝，我看到天尤其蓝。我没有去找他，在真相大白之前心情总是最好。

登陆说当代最伟大的女性是胡风夫人，她非常有才华，并且十分美丽,但她很早就牺牲着自己,后来又陪胡风坐了很多年牢。

我说我不知道。

他说你总该知道燕妮吧?

我说燕妮是谁?

他说:你连马克思夫人都不知道,你们这一代太无知了。

我说好吧,那我对她们表示足够的尊敬。不过你要是去坐牢,我肯定是不陪的。你不要抱什么希望,免得到时太失望了划不来。

登陆不说话。

我言犹未尽,说:我不喜欢女人为男人做出牺牲。

登陆问:那你喜欢谁?

我说:媚娘。

登陆说:媚娘是谁?

我说:你们这一代人真是太无知了,连武则天都不知道。

登陆恨恨地说:恐怕你还喜欢江青吧。

我说:江青是"四人帮",这大家都知道,这是一个坏女人。我们来说一个好人吧,比如居里夫人。我说我的第一个男朋友就鼓励我学燕妮,过了十几年,你还是让我当燕妮,时代怎么就没有进步,真让人匪夷所思。

北诺常常坐在那只红木圆凳上,有时她脱了鞋站到凳子上晾衣服,或者换保险丝,她总是用电炉煮面条或速冻饺子。她几乎每几天就要换一次保险丝，此外她还学会了修电炉、修电插板。那个夏天她在公共汽车上扭伤了脚脖子，整整有一个月没出门。

她不喜欢别人到她住处来，除了我们知道的那个穿红毛衣的男人。

这间平房阴气森森，使人感到不祥。

她在桌上养了一盆黄色的菊花，有一个声誉很好的算命者给了她这个忠告，他让她把花置于书桌的右上角，但她把它们放在了窗台上。

菊花的气息混合在潮湿的地气中。黄色的花瓣无声地落下。月光照在花朵上，花朵黑黢黢的影子照在床铺的白墙上，像一个鬼魂模糊的面容。

大宝给我打来电话，说上回开讨论会的那个作者运来了两筐苹果，让他分给到会的各位。

他说他马上送来给我。

我本能地想到登陆，我想他要是来了撞上怎么说呢？虽然什么事都没有，但总是有感觉的。我虽然跟登陆顶嘴，但我同时又甘愿为他放弃我的自由。我想我也许无可救药了。谁能让我觉悟呢？

也许正是大宝。

我跟大宝说我到他那里去取苹果。

苹果是最显而易见的美好事物之一，这件事即使不跟大宝联系在一起，也足可以让人心情愉快了。现在它吸纳了内蒙古草原的奇异景色，从大宝似有深意的声音中抛射出来，再次在深秋明净湛蓝的天幕上组成了一道苹果的彩虹。每一只苹果都硕大完美，在阳光下闪耀着明艳的光泽，每一个都像稀世的宝石，熠熠生辉。

我骑着自行车，迎着这道苹果的彩虹驶去，一路上我情不自禁地微笑着，我觉得自己就是一只精选的上好苹果，我的车速就要把我发射到天上去了，我的身后将是一道优美的弧线，闪着苹果的光芒。

啊，苹果的彩虹！

大宝情意绵绵地接待了我，但我们只是说别的，这是那种时候，不管我们说什么我们都会觉得好，都兴奋。但同时我们又盼望对方说些"别的"，大宝只是有两次说，他快要犯错误了，但他并没有犯错误。我们再次陷入了试探。

高岗身材高大，梳着很精神的大背头，浓眉毛，高鼻梁，眼睛不大却目光闪烁，戴一副近视眼镜，喜欢从镜框上面闪出两道深沉的目光审视下级，使人一望不能不生出紧张和莫名的疑惧。因他的白皙面皮上有着一些浅色的麻子，故背地里人们悄悄地称他"高大麻子"。

高岗颇有工作能力，遇事敢决敢断，听下级汇报很少讲"研究研究再说"，常常是当场拍板，或马上抓起电话命令有关人员办理。在建设东北和抗美援朝战争中，他做出了一些成绩，受到毛泽东的表扬。

高岗很有个人野心，在东北工作期间，集党、政、军大权于一身，积极培植宗派力量，欲将东北作为其独立王国。时人称之为"高主席"。

高岗在生活上腐化堕落，他特别喜欢跳舞，总是往女人堆里扎，善于也敢于向女人调情，目光像一个猎手一样在女人身上瞄来瞄去。关于他的桃色新闻不时传出。他非常讲究吃，尤其喜欢吃西餐和奶制品，嚼起奶酪来总是津津有味。喜欢穿着苏式服装。他的言谈举止、生活方式都刻意表示出向苏联老大哥学习的愿望，很受当时苏联领导人的欣赏。从斯大林到赫鲁晓夫，甚至在高岗垮台后，赫鲁晓夫还多次讲"高岗是我们的朋友"（见《当代中国重大事件实录》）。

北诺再次到秃头男人的家里。她知道自己必须去，必须把事情做到底。她去尽了忸怩和作态，凛然而坚决，她将在那具苍老而笨拙的躯体、那具缺乏激情的躯体之下，滋生着屈辱和仇恨。她在想象中聚集着自己的力量，她把力量集中在她的胸前、腹部和腿部，她要将这力量把身上的躯体掀到一个无底的深渊，一个废弃荒园的枯井，一个火山口，甚至下水道，甚至自来水管，总之是一个封闭的永不能翻身的地方。

她怀着快意看到，这个人在一团无声的火光中（无疑是什么爆炸了，那种高能量的炸药来自女人的内心，它在女人红色跳动的心中被制造出来，它的比例已被配好，它的功能已被确定）四散，他的头被一个慢镜头送到女厕所，他的生殖器被一个快速移动的镜头塞进污水沟，他的四肢、内脏和喷涌着的暗红的鲜血，像节日里最最灿烂的焰火，缓慢如飞地开放。

这使道路上的女人心潮激荡。

她走到他的家里，他的床依然凌乱，窗帘已经垂下，面对大床的落地穿衣镜幽暗地闪着光。

水声仍然在抽水马桶里撞击，男人便进来了。他们脱了衣服躺到了床上。

这一次男人从容而温柔。他十分地照顾着女人的感觉需要，他的手就像女人所希望的那样运动，轻重不一，层次丰富，手法多变。女人闭起了她嘲讽的眼睛，舒展开身体，感受这一阵又一阵的拂动，这拂动在她敏感的地方流连忘返，她体内的潮涌抑制不住地来临了，她的身体开始起伏，并且她马上感觉到了自己的湿润。这时她感到一样湿漉漉带着热气的东西到达了她的身体，它匍匐在她的胸前，一下又一下地吞噬着她胸前凸现的地方。这是一种致命的吞噬，女人一下就觉得自己沉进了海底，她呻吟着挣扎起来。

她在水里拼命挣扎，她呼吸不到空气，快要憋死了，她希望有人来救她，有人抱紧她，用一种东西把水流堵住，但是没有人来，她在空荡荡的水里快要虚脱了。她用手乱抓自己的身体，她的呻吟声可怜地回荡在房间里，她大张着的嘴里呼出的气息把镜子的表面都蒙上了一层白气。

男人微笑地看着她，他温柔地问道：

怎么样？我不粗鲁吧。

女人不顾一切地说：你快来吧！快来！

男人说：这可是你要的哎。

女人说：是我要的！

她感到男人到达了她的上方，她张开她的身体等待得救，她摊开两条胳膊，像一只鸟儿，即将随着一股气流飞上蓝天。

但她发现事情有点不对头，她张开眼睛，看到男人身体上的肢干还疲软地萎缩着，男人有点沮丧，他的头发掉到一边，样子很不雅观。

男人说：你得帮助我。

女人帮他。

她尽了全力还是不行。

男人说：这就看你的本事了。

男人说：你不行。

（女人在心里说：你自己不行还赖我。）

男人说：这次不算。

男人说：我要你再来一次，补这次的。

女人说：我再来你还不行怎么办？

男人说：那就再来。

女人说：那我不成了你的性奴了！

男人说：千万别这么想，这么想对谁都不好。

他们坐了一会儿，没有说话。女人仍然有些喘气，男人为自己泡了一杯参茶。

男人问：你喝吗？

女人摇摇头。

男人在冰箱找了一下，说没有什么可吃的。他说：本来我应该请你吃饭，但我中午还有一个应酬。我们下次吧。

女人不吭声。

男人最后在厨房里找出一只西红柿请女人吃，他对她说：你吃点东西再走。

女人不接。

女人说：还有比西红柿更重要的东西你忘了？

男人拍了一下头，说：我真该死，忘了把表给你了。

男人找到了表，他拍拍女人的肩膀说：好了，别生气了。

（以上经历是北诺性经历中的重要一幕。）

我在公共电话亭给大宝打电话，我知道在这件事上女人不能太主动，主动的女人是可怕的，但我想念大宝，他是我新的生活期待的中心，他总是和湛蓝的天空和彩虹和鲜艳的苹果连在一起。

我说大宝我到你那里去好吗？大宝说：我正想给你打电话。他的声音十分好听，后来我想，我之所以如此容易就迷恋他，这跟他的嗓音有很大关系。有一种声音可以称之为性感的声音，大宝的声音就是如此。虽然我在纷扰的公共电话亭，和大宝隔着七八站地,他的声音还是不可阻挡地沿着电话线漫过来,像另一种类似于水的物质,一种可以发出金属之声的柔软的物质,它们是一些金属的碎片,在阳光下闪着炫目的光芒,它们互相碰撞着,像铃铛那样脆而亮,它们在空旷的地方汇成一股清流,缓缓地向我流来。

我听见这个声音说:李茵,我,我很爱你。我知道我不该这样说,但我控制不了自己。这几天我总是想你,我苦得要命。我下定了决心还是要对你说,不说我就过不去了。

我握着电话筒,我觉得这是一个非人间的声音,我早就觉得,在这个时代早就没有人、尤其是没有男人会说关于爱情的话语了。我想大宝无疑是一个硕果仅存的浪漫主义者,遇上他我是多么幸运。我的激动一时全堵在心口里,我说不出话来,尤其是说不出我也爱你这样的回应他的话。但是爱情的热流从电线里无所顾忌地奔腾而来,它们在我面前弥漫成一层铺天盖地的帐幕,将我和整个世界分开,只剩下电话筒和一种声音,那样一种罕见的稀世的无与伦比的声音。这个声音就是天空,就是彩虹,就是无穷无尽的湛蓝色。

我朝这个声音走去。

我说:我嫁给你吧。

我想起大宝的房间总是首先想到那个大窗子,我从未见过普通的两居室会有这么大的窗户,不知道是大宝重新装修过了还是仅仅是我的一个主观印象。

这个大窗子临街，房子在一层。

大宝独自住着这套两居室，他的妻子和孩子常常住在娘家。那天我放下电话就飞车到大宝家，大宝在茶几上摆上了冬天的西瓜迎接我。我以为一见面他要吻我一下，结果没有。他抓住我的肩膀使劲晃了一下，他说：你这个小狐狸精，害死我了。（女人总是莫名其妙地喜欢狐狸精这样的称呼，大概她的天性中总是隐藏着迷惑男人的本能，这是一种动物的属性，如同孔雀的尾巴。）

他说我爱你。这本来是一句电影和戏剧里的惯用台词，我们必须在独自一人的时候才能在心里说出来，或者在电话里或者在信中，隔着许多空间才能遮住我们心中的茫然，才能使我们鼓起勇气面对这个虚无的东西，但是现在它由一个坐在我们对面的男人说出来了，这使我们震惊不已。震惊之后我们感到这是一句生死攸关的话，它的分量重若千钧非同小可。我们把一滴水看成了整条河流，我们同时报以一万个大海，女人真是把爱情这个字眼看得太重太重了，重得足以把自己淹死，淹死了还不愿返回泥土（想想林黛玉"质本洁来还洁去"的诗句吧），还要在水里漂流到永远。

女人对爱情的最彻底的报答就是：我嫁给你。我庄严地对大宝说出了这句最最女人的话。我心里甚至涌现了一句我们遗忘已久的颂歌：长江滚滚向东方，葵花朵朵向太阳。我心潮起伏，激动地等待那神圣的允诺。

这时候有一个人到窗底下找大宝,他喊道:大宝大宝。那人看到我马上缩回去了。

大宝本能地去把窗帘拉上,窗子太大了,他怎么努力也不能使窗帘完全合上。

大宝为什么怕别人看见我呢?很久以后我才想到这个问题,实际上这是一个关键的问题。

大宝从窗子边走到沙发上坐下,他说你不要着急,你要冷静。

我问:为什么?

他说:我不能离婚,我最恨离婚的人。有了孩子还离婚的人一律要枪毙。

我常常在夜里到那个院子去。我看到月光照在盛开的黄色菊花上,它的影子安静地潜入北诺的墙上,就像她心爱的宠物一样忠贞不渝。

有一天她发现菊花上爬满了一种黑色的虫子,她费了整整一个下午的时间也没能把它们摘清。在黄昏的时候她把整盆花抱到院子里,准备把它们埋掉。她走遍了整个院子也没能找到一个合适的地方,她把菊花放在她的脚边,失望地喘着气。

这时她忽然看到了一株长着灰色花朵的玉兰树,她好生奇怪,因为她以前从来没有看到过这样一株树,也从来没有在任何地方看到过这种银灰色的玉兰花,就像有一群灰色的鸽子静卧在树枝上,这些花朵(或鸟儿)在微微喘息,听起来就像一些纤秀的虫子在鸣叫。她在树下听了一会儿,然后她用一把小手铲挖了一个坑,把长了虫子的菊花埋在了树下。

从这天起,她常常在黄昏或深夜看到这株长着灰色玉兰的树。她常常凝视它。

我看到有一天,那些姣好的玉兰花全都变成了一种凶猛的鸟儿,状如灰鸽,但翅膀比鸽子长,它们展开那长长的翅膀,振翅飞了起来,它们飞翔的姿势优美而矫健,它们铺天盖地地飞了起来,发出呼啸般的鸣叫,它们不顾一切地飞到某一个地方(就是我们想要让它爆炸的地方),它们拼命用头撞着窗玻璃。那层玻璃就要被它们撞碎了。

以上景观不知北诺看到没有。

登陆回来以后又到张自忠路看资料,我没有到那里去会他,我开始着手写一部电视连续剧,我很少把那些我想到的东西写在纸上,我只是一遍遍地在我的内心看到它们,事实上,我并没有写,我只是想象有这样一部电视剧,它将由未来的女性电视台播出。或者写一部电影,由一个富有才华的女性建筑师设计一座比悉尼歌剧院还要奇特还要辉煌的女性电影院,专由女性观看。不过我又想,如果这样,会出现什么情形呢?女人们会不会因这个电影院不接纳男人而对它毫无兴趣呢?或者她们即使去,也因为没有男人而不事修饰、衣衫不整呢?

这些都是问题。

有一天登陆来了,他对我说他准备离婚。

我对此不置可否。

登陆说:高岗的书我准备动手写了,要写他个三十万字。

我不置可否。

登陆说:我这一段要住在你这里,免得有干扰。

我不置可否。

后来我问:那谁来做饭呢?

登陆说:莫非还要我来做!

我们默默地相处,组成了一个客气的互助组,实行AA制,经常外出吃牛肉面、饺子和蛋炒饭。力气活归登陆,比如爬高拎重,针线活归我,比如掉了一个扣子,或是登陆的西装底边脱了线。在秋风渐凉的日子,我们一致觉得两个人比一个人暖和,即使除了睡觉两个人并不挨在一起,但眼前有一个人就是比眼前空荡荡的暖和。特别是在有风(三级以上)的日子,无论是登陆还是我,都不想让对方出门而独自留在家里,于是我们同出同进,形同一对恩爱夫妻。这样的日子使我认识到,这个与我们同出同进的人就是我们的爱人。

那个时期有一个著名的电视连续剧正在播放,有一首歌,每个晚上都响起它哀婉的旋律:谁能与我同醉,相聚年年岁岁。这首通俗歌曲唤起了我们对于温暖的需求,我们在北风呼啸的夜里,无言地相拥。

北风在我们的窗外经过。

我们各自想,时光就像风和流水,永远不再回来。

我们同进同出,就像一对恩爱的夫妻。

北诺到那男人的家里的时候已经将近下午五点了。男人在电话里说请她吃饭,这是上回说过的,还提醒她别忘了把表格填好带来,他让她一刻也不耽搁,快快地赶来。

北诺放下电话发了一会儿愣,她把表格拿出来又逐行看了一遍。然后开始慢慢化妆。化了一半她才想到不应该为这个男人化妆,她在镜子里看到自己一只眼睛又深又黑,另一只眼睛灰淡无光,没有上唇膏的嘴唇和已经扑了腮红的脸相比,显得格外苍白,就像一个死去的人在开追悼会之前尚未最后定妆,又像一个戴着面具的女鬼,潜入了她的镜子,满腹心事地与她对视着。

这使北诺有些心神不定。

她胡乱地化完了妆,(事实上,在很大程度上保留了那种未完成的怪诞的痕迹,这使她在后来的场景中以这种女鬼的形象穿行在我们的故事中。)然后胡乱地捡起了一件鲜红的毛衣换上。让我们看看即将出门的北诺:像血一样鲜红的毛衣,浓黑的围巾,以及同样浓黑的呢大衣,鲜红的嘴唇,一边眉毛高一边眉毛低。

这个形象使我产生一种不祥之感,在这个初冬的下午,风从我的心脏穿过,冷彻全身。

北诺出门的时候觉得有些异样，她回过头来看了一下，房间里空荡荡的，窗台上的菊花已经没有了，她想起昨天晚上她已经把菊花埋掉了。

男人的气色很好，对她表现出一种少有的热烈之情，他说上周他刚到海南去了一趟，（冬天是到那个亚热带岛屿去的最佳季节，那里的大海闪耀着南中国最最蔚蓝的颜色，那里美女如云，佳肴如山，是大快乐的去处。在繁华的街道上我们看到的奇观之一就是药店如雨后春笋层出不穷。据我们观察，药有三种类型，第一类是避孕药和避孕用具，这些可爱的物品有着精美而性感的包装，让人浮想联翩情不自禁；第二类则是春药，"金枪不倒丸"、"雄狮"、"爱液"等等，前者的伟力、强力和暴力，后者的狐媚，这两种东西纠缠在一起，使驻足于此的内地人惊讶不已；第三类则是治性病的特效药，各种消炎药。那个男人在这眼花缭乱的地方踌躇再三，终于在一个人迹稀少的早晨在饭店旁边的一家药店买下了几样春药。我们可以想到，他为什么要北诺快快地来，一刻也不要耽搁了。）三亚中午的时候有三十多度，简直……他没把三亚说完又急急地说他的妻子和孩子，他说他妻子出国考察了，要半个月才回来，他的孩子到天津姥姥家了，下周一才回来，男人说让我们好好玩一玩。他说现在才五点，我们先玩一会儿，到六点半再出去吃饭，有一家新开的皇城美食城，一会儿就到那里去。

男人无疑是吃了那种跟猛兽有关的药，他一边说一边就使劲地将北诺扳倒在床上,他像一个真正的强奸犯一样对这个女人施行着暴力,他撕扯她的衣服,她每露出一点肉体都令他疯狂,他疯狂地以全力压住她,他的身体向她撞击,撞入到她身体的深处,那种撞击像坚硬的木头和比木头还要坚硬的钢铁,一点都不像是人的身体,不像是来自人的力量。

北诺疼痛得高声喊叫,那声音像一个遭受毒打的女人发出的悲惨叫声,她的全身火辣辣地疼,一根烧红的铁棍子在她的下体烧灼着,她用脚来踢它,用手来掐它,但它像生了根似的不走。每一阵撞击都有一声叫喊,每一声叫喊又加强着刺激,使这撞击更为猛烈。男人在这叫声中感觉到了前所未有的快意,一种身体和精神的征服感使他血液加快,力量无穷,那个瞬间的快意犹如君临天下,女人就是男人的天下,就是男人的国土,他在她之上,挺立起他的身体。

北诺的声音越来越小,她已经没有力气了,她说我快不行了,你快放开我。男人说我还没完,我还要。他继续撞击她。北诺觉得她快要死了,每一次撞击都像一场灭顶之灾,这种撞击无穷无尽,是她的深渊。

不知过了多久,男人从她身上下来了,北诺体力极度衰竭,她神思恍惚地躺着,男人说:我累了,睡一会儿再去吃饭吧。北诺一点都不觉得饿,她昏昏沉沉地睡着。在睡梦中她看到南霸天爬到她身上来了,他扳开她的嘴,把一杆枪塞到她的嘴里,她想把这枪弄出去,却怎么也弄不出去。这枪把一种稠糊糊腥甜甜甜的东西注入她的嘴里，使她难受极了。

她神思恍惚地醒过来，恍惚觉得男人刚刚从她身上下来，重又睡去。她不明白自己为什么在这里，而天怎么黑得这么浓重，她想起来自己好像没有吃饭，她又累又饿，身体轻飘飘的。她下了床，走到厨房。

她一眼就看到了那把刀。

刀刃雪光闪闪，像雪山上的月亮那样高洁，这是世上最美好的事物之一，它在这个恍惚的夜晚照耀了这个女人。女人恍惚着走向它，像吴清华捧着红旗那样捧着它，她的脸贴在它上面，冰凉的感觉使她舒服。她拿着这把菜刀到卧室里去了。

男人在床上熟睡。他睡得深沉而满意，他从来没有这样持久地欢乐过，年轻的时候也没有，他感谢海南和那些药。

女人拿着刀仔细看他，她在他身上找到了一个合适的地方，那就是他脖子上一侧微微跳动着的那道东西，她就从那个地方割了下去。

鲜血立即以一种力量喷射出来，它们呼啸着冲向天花板，它们像红色的雨点打在天花板上，又像焰火般落下来，落得满屋都是，那个场面真是无比壮观。鲜血越喷越低，它们不再像焰火和喷泉，但还是不住地流出来。女人从来没有见过这么多的血，这下她看到了，这是一个世面，见过了鲜血才算见过了世面。男人的鲜血流满了整个床铺，又从床上流到地板上。

北诺站到床跟前看血的流淌。血流尽之后她想把男人切成几大块放进冰箱里，但她每刀下去总是碰到骨头，这使她不能如愿，她只是在肚子及肚子下方这样一些比较柔软的地方划了几刀。

北诺后来失踪了，没有人知道她去了哪里。关于她的去处流传着以下三种传说：有人说她在某个不为人知的地方以一种奇怪的方式自杀死去，离开了这个世界；也有人说她被关到疯人院去了，适逢反腐倡廉，男人被查出了严重问题，北诺被好心的律师所救；还有人说北诺到美国去了。持这一观点的是一个名叫李芮的女人。

春节快到的时候天越来越冷了，每一天都比前一天冷，在这种气候形势下登陆对我说：李芮，我们结婚吧。

我说：结吧。

我在夜晚的玉兰树下看到了那个全身着红的女人，就像黑沉沉椰林中的吴清华，她在黑色的背景中奋力一跃，然后手捧银毫子疾步前行。蓝天丽日如同圆号般铮亮，它黄金般的自天而降，与此同时到达我们面前的是满目灼灼其华的艳红的木棉花，它们铺天盖地，明亮又闪烁，热烈而温柔。它们就是再生的鸟儿。

2003年4月修订

回廊之椅

我看到过一张朱凉年轻时的照片，那是一张全身坐像，黑白两色，明暗分明，立体感强。照片中的女人穿着四十年代流行于上海的开衩至腿的旗袍，腰身婀娜，面容明艳。这明艳像一束永恒的光，自顶至踵笼罩着朱凉的青春岁月，她光彩照人地坐在她的照片中，穿越半个世纪的时光向我凝视。

这张四寸的照片被放在一个象骨相框里，相框的风格简洁明快，与照片相得益彰，只是相片已经黄旧，而相框还很新，房间的主人说：这（相框）不是她的东西。

她的声音充满了无限的怀旧和眷恋之意，就像一个垂暮之年的老人怀念他年轻时代铭心刻骨的爱情，这爱情是如此美好又如此富于悲剧性，使人至死不忘。

这是一个叫水磨的地方，六十年代曾经出过一位非凡的美人，她的倩影被印在大大小小的图片上，成为万众珍藏的偶像。

这位美人主演过美丽的电影，得到总理接见，出访过一个文明古国，极尽绚丽与辉煌。后来美人遭受劫难含辱身亡，成为一个悲剧，常年飘荡在水磨。

在水磨，五十岁以上曾经目睹过朱凉芳容的人无不认为，朱凉的美艳在那位女演员之上，朱凉是十个手指，那女演员只是一个手指。这是一个人的原话，说这话的人就是阁楼上的女人，这个形容肯定是言过其实了。

水磨与我的家乡在同一纬度上，在地图上看都靠近二十三度的那根线，所不同的是，我家乡的河水清澈见底，而水磨，它的河水永远被深红色的泥水所充满，它的河激情澎湃直抵越南，它的河就是湄公河。

这是一条我从小就深感诱惑的河，河边的高岸就是水磨，我作为一个过路人到达了那里。

我到达水磨的季节是秋季，确切地说，是十月二十三日。我对时间的感觉本来十分含糊，但我从二十岁起敦促自己每天记日记，把去过的地方和见过的人记录下来，这样，我二十岁以后所经历的事就不完全是模棱两可的记忆，它们之中某些物质的边缘被凝固成文字，蛰伏在我的本子里。

十月二十三日中午细雨蒙蒙，天色像黄昏，气温像深秋，我穿着一件毛背心还冷得发抖，我想我除了在此停留到气温回升别无他法。我贴着最接近大路的低矮房屋走向水磨的深处，在房屋与房屋之间的空隙中，我不时听见河水急速流动的喧哗声，我忍不住好奇地穿过两房之间的窄道，看到河中央耸立着几块巨大的红色石头，混浊的红水从巨石上撞击而过，在对岸的山腰上方聚集，而在我的右首，一棵木瓜树高而直，颈脖上大大小小几十只木瓜层层绕住，凛然不可侵犯地在细雨中闪耀着青色的光泽。

这使我心有所动。

水磨有一种奇怪的菜叫四棱豆，质地像我家乡的杨桃，只是截面不是五角而是四角形，大小长短像一根略长的手指。我在一家小饭馆里吃了这奇怪的四棱豆炒酸菜，味道极好，吃得兴犹未尽，出了饭馆的门就东张西望，这样我就看到了那所庞大的宅园。

章孟达建于四十年代的宅园即使到了九十年代，也仍然称得上雍容大方、气度不凡、品格典雅。我站在大天井里向四面的楼台仰望，朱红色的楼廊三层四叠，有一种幽深、干净、拒人千里的感觉。我十分奇怪这里怎么会空无一人，虽然天色昏暗，但实际上才下午三四点，进门时我仿佛看到一块什么盐矿办公室的牌子，我想这里也许会有值班的人。

我从多个楼梯口中的一个往上走，我的脚踏在坚硬的楼梯板上，发出很轻却异样的声音。楼梯靠墙的一面有一些木门，我猜想这是一条幽深隐秘、机关暗伏的地道的进口。我走上二楼，沿着环廊走了一圈，每个房间都上了锁，四周空无一人，这种确认使我顷刻感到四周异样的寂静。这种寂静是物质，就像四堵灰色的墙，既厚又冰冷，不透风。

独自一个人，一个年轻女人置身于一座空无一人的大宅园，如果这只是一个电影镜头，出现在人头攒动的放映场里，也足以让我紧张得屏息凝神。当时我站在章宅空无一人的二楼回廊上，心跳加快，手心出汗，无边的寂静笼罩着我，使我魂飞魄散。

不知为什么我觉得这所宅园里肯定有人，正因为觉得有人才感到害怕，我想那人也许正在某个隐秘的窗口窥视我。有人窥视这个想象刺激着我继续往上走。

我往三楼走，一步都不敢停，因为一停下来就再也没有勇气、也没有力气走了，我已经被自己的想象吓得全身发软。

我走上三楼，一眼就看到了那只放在廊椅上的茶杯。

廊椅与楼廊的栏杆连在一起，栏杆就是椅子的靠背，这种廊椅我是第一次看见，它那种不可移动、一背两用、外形怪异、违反常规的特性我是后来才领悟到的。我首先看到那只青瓷茶杯孤零零地在暗红色的廊椅上，一只杯盖斜着，我闪电般地想到这里有人！与此同时我控制不住惊恐尖叫了一声，我的声音在曲折的楼廊上乱撞一气，然后迅速消失在这机关暗伏的宅楼里。寂静重新虎视眈眈。我在三楼飞快地走了一圈，边走边喊：这里有人吗？我打算用自己的声音来壮胆，结果我听见这声音像一个患了哮喘症的老女人的声音，这使我越发胆战心惊。

三楼还是没有人。

没有人但是有一只茶杯放在廊椅上。我被一种神秘的力量推动着往四楼走。

四楼很奇怪地笼罩在一片温和的薄光中，楼底的阴冷诡秘奇怪地消失了，这使我安静下来，我想到今天可能是星期天（事实上确实就是星期天），而星期天是一个平凡的字眼，它像一个熟人迎面向我走来，使我感到某种安全。

我打算绕廊一周，但我突然看见靠近对面楼廊的一个房间毫不掩饰地敞着门。

我问她姓什么？她后来告诉我，她叫七叶。

七叶生下来就被送了人，她在十四岁到章家当使女之前一直未能打听到她亲生父母的姓名地址。七叶十四岁那年，养父带她到水磨镇卖糠，顺便让她在墟市上卖掉十五个鸡蛋。

七叶卖掉鸡蛋就去糠行找养父，有人告诉她，养父刚卖完糠就被人硬拉去赌钱了，七叶就在糠行老老实实地等养父来叫她回家。

正好这天章家三太太朱凉的使女闯了祸，将朱凉的一条真丝手帕放在手笼上烤穿了一个大洞，朱凉闻到焦味赶到时使女正张着嘴呼呼大睡，这使朱凉对使女的厌恶达到了忍无可忍的地步，朱凉不止一次对老爷章孟达说这使女长得像猫。

朱凉坚决要换掉猫脸使女。

她带着管家在大街上乱找，眼睛专盯着十四五岁的女孩。她怀着找到一个好女孩的心愿穿过了鸡行、猪行、菜行、米行，最后在糠行停住了脚步。

就这样七叶在脚步纷纷、糠屑飞扬的糠行上迎来了她生命中的一个新纪元。她蹲在靠近屋檐的墙柱下，她看见一条黑色的裙子（那时候朱凉还未开始她的旗袍时代）从许多沾着泥、赤着脚的腿的缝隙中移动着。这裙子有一种说不出的洁净与高贵，柔软得散发着隐隐的光，在糠行的青石板上极像是来自另一个世界。七叶紧紧盯着它，生怕它一眨眼就消失在飞扬的糠屑中。

裙子慢慢移动，七叶看到了它的脚，它的鞋，当时高跟皮鞋已经在大中城市流行多年，七叶由于环境局限，却是第一次看到。这裙子和鞋在七叶的面前停了下来，七叶抬起头，看到一张美丽女人的脸正在向她迫近。

七叶被朱凉的眼睛一把抓住，她瞪着眼，看到自己被人从这个糠尘飞扬的下午提出来，一下放进那幢高踞河岸的红楼之中。她后来在红楼的记忆吞没了这个下午之前的所有岁月，她跟在朱凉身后，一步一步，轻盈如飞。

在后来的日子里，章孟达密谋反革命暴动，阴谋败露，从共产党的高参一变而为阶下囚，审讯科长厉声问道：章孟达，你知不知罪？

章孟达：我有何罪？

陈农：十一月五日的暴动，是不是你策划的？

章孟达：什么暴动？

陈农：你不要明知故问。

章孟达：陈科长，在水磨地区，我作为开明人士，带头拥护共产党。我为贵政府做的事情，是有目共睹的，半年来我与政府竭诚合作，你也是我家的座上客，请不要对我有什么怀疑。

陈农：章孟达！你现在已经不是我政府的参议员了。你从策划暴动的那天起，就是我们的敌人，是水磨人民的罪人。

章孟达：陈科长，如果我的确策划了暴动，我愿承担责任。

审讯暂时结束，章孟达被送回一间没有窗户的屋子里关起来，这是一间曾经做过粮仓的屋子，充满了谷物呛鼻的气味。陈农的宿舍兼办公室就在隔壁。

陈农在陈年谷物的气味中用开水泡剩饭吃，他从窗口看到章家的七叶提着一个木饭盒走进来。七叶清秀、苗条，在任何环境中都给人一种清爽之感。从前陈农常常进出章孟达家，每次都是七叶倒茶，有一次客厅里没有别人，陈农对七叶说，七叶你出来参加工作算了。陈农每看到有不错的女孩总忍不住要这样说。七叶却说，三太太对我好，我哪里也不去。七叶的眼睛又大又清，她看了陈农一眼就走了。陈农望着七叶的腰和屁股，既惋惜又失望。

七叶给章孟达送饭要经过陈农的窗口，七叶经过了窗口又折回，携带着浓郁的米饭香和煎鱼香站在陈农的门口。陈农一面吸着饭菜的香味一面控制着自己，他咽下了一口自己的剩饭，看到七叶还垂着眼睛站在门口，陈农说：七叶，你进来呀！

七叶看着地上说：我不进，我给老爷送饭。

陈农望望饭盒说：我知道。

七叶又说：陈科长，你给开开门吧。

陈农说：你不进来，我怎么开门？

七叶仍不动。陈农说：章孟达现在是策划反革命暴动的头子了，你送的饭，是要检查的。

陈农拿自己吃饭的筷子在木饭盒里翻动，金黄色的煎鱼和碧绿的青菜以一百倍的浓香围绕着陈农，它们肥硕油光，婀娜多姿，咄咄逼人，陈农情不自禁地说道：好香的菜啊！

七叶不做声，她面无表情地看着陈农用他那双洗得不太干净的筷子把一条煎得好好的鱼捣了个七零八落。陈农边捣边说：我要看仔细，这鱼里面藏没藏字条什么的。

七叶看看陈农，说：陈科长，这菜，你吃一点吧。

陈农的筷子停在煎鱼上，他侧着脸，似乎等七叶再说一次，七叶没再说，陈农悻悻地敲了敲筷子，说：你，送过去吧！

到了下午，陈农又开始提审，章孟达吃了一顿好饭，又养了一会儿神，气色很好，面目从容。他自信地坐在审讯室里，目光平视，神情坦荡。

章孟达曾经对所有他接触过的共产党人夸口说，他章孟达是整个水磨地区第一个读马克思的书、第一个宣传共产主义学说的人。他建于一九四七年的四层大宅楼，正厅的门口就刻着这样一副对联：

人人有饭吃

个个有衣穿

在四十多年之后我路过水磨,还能在正厅的门口看到依稀可辨的刻痕。它们被刻在坚硬的木柱上,经历了天翻地覆改朝换代,被一层又一层的涂料所涂抹,而未曾消失。

章孟达的确如他所说读过马列的书,他念完高中就回家继承祖业,千顷良田和一个中小型盐矿使他成为水磨邻近几个县首屈一指的富豪。他日进千金,气冲牛斗,玩遍一切时髦的东西,他托人从上海弄来一辆九成新的轿车,买来手摇电话,买来全套餐具茶具,又按照最新最时髦的式样定做了茶几沙发各式家具,在四十二岁那年娶了县城有名的才女加美人朱凉当第三房姨太太,一切都是最好的。这时章孟达的弟弟章希达从省城的大学毕业回来,学到了许多崭新的名词,每次说话,嘴里不是社会主义就是无政府主义,是不把这个在家的土老财放在眼里的。

希达每天穿着干净雪白的衬衣西裤,手捧一卷精装横排书,从二楼的回廊踱到三楼的回廊。三楼回廊的廊椅上,三姨太朱凉正独自倚栏,一袭长裙,一双素手,一杯上好的普洱茶,一本中式线装书(唐诗?宋词?抑或是《红楼梦》?李清照?薛涛?抑或是朱淑贞?)一双秋水满盈的眸子,目光里似怨似嗔,若虚若实。希达弄不清她到底是在看书还是没在看,他站在三楼回廊的另一头,隔着对角线的距离不远不近地欣赏她。

章孟达说：二弟，你不就是个大学生吗，没什么了不起，马克思的书，看了要杀头的，谅你也没这么大胆。章孟达暗地里让人从个旧搞了几本马列的书摆在床头，既杀了希达的威风，又赶上了世界的潮流，还领略了冒险的乐趣。

　　过了一年，省城的学生运动如火如荼，反蒋的浪潮一浪高过一浪，共产党的工作队开始进军大西南，章孟达才发现，这个时髦是很不好玩的。

　　陈农吃了一肚子剩饭，半个身子凉飕飕的，又滞又闷很不顺畅，面对脸色红润的章孟达心里充满了仇恨。他恨章孟达竟如此坦然，恨他有三房太太而且有一个竟然还是朱凉，恨他被关起来还有人给他送米饭煎鱼，恨他的使女都这样不卑不亢。这样的日子不会太长了，陈农想。

　　陈农这样想着就把自己振作了起来，关于鱼与米饭的仇恨化作了广阔的胸怀。陈农想，革命洪流就像巨大的岩石，而章孟达不过是鸡蛋，别看他现在圆滚滚饱凸凸的，说让他流汤他就得流汤。

　　陈农怀着自己是石头的坚硬想法与下午的章孟达对视，他目光严正尖利，要给章孟达的泰然自若以粉碎性的打击，他厉声喊道：章孟达！

　　后来章孟达的案子那么快就结案，那么快就执行枪决，固然因为章希达的告密，同时与他在这个下午对陈农一笑肯定不无联系。

章孟达对陈农的那声厉喊没有表现出应有的反应，而是一笑，一笑之后说：陈科长，你请说。

陈农一时说不出话。

章孟达，你知不知罪！

朱凉住在三楼的一间房间里，一出门就是廊椅，她在廊椅上铺着钩花的坐垫与靠背，楼栏上挂着吊兰，朱凉每日坐在廊椅上看书或钩花，廊椅上永远放着一只暗红色的有五片花瓣图形的杯垫，杯垫有时托着一杯茶，有时空着。

四十多年后我走上三楼，看到廊椅和茶杯，七叶从对面半敞着门的房间里无声地走出。七叶当时已有六十岁，但她行动轻捷，没有多少老态，她站在对面的回廊上看着我。

你是谁？

我说我是过路的，我十分喜欢这所房子，既古雅又气派，既有楼廊又有廊椅。

她十分专注地看着我的脸，一时没有说话。我问她：这茶杯是你的吗？

她说：你坐下，坐在廊椅上。

我坐下来，一时身体放松，觉得十分舒服。七叶轻捷地绕过楼廊走到我跟前，几乎没有发出声音。她向我俯下脸，说：姑娘，你的眼睛长得很好。她说这话的时候脸上流露出一种动人的神情，使我感觉到了某种遥远的东西。

你是从哪里来的？她问。

我说我从邻近的一个省份来，不是很远，那里也长着木瓜，空气湿润，只是没有四棱豆。我说着这些不重要的话，我知道这有些言不由衷，我同时感觉有某种重要的东西正在接近我，这种东西正是来自对面站着的这个女人。

你从哪里来的？她又问。

我说是一个小县城，而你是肯定不知道的。

她说她肯定知道，她似乎被一种确切的预感所抓住，她坚定地看着我，要我告诉她，我的那个县城的名字。

我说我从北流来。

这两个字对她似乎十分意外，她不再说什么，她让我进房间坐坐。

房间里没有特别的东西，比如古瓷瓶，比如屏风漆器，比如笨重威严的椅子木床以及精致的摆设，这一切我想象中的大家物件早就荡然无存，在土改尚未到来时就已经流失殆尽，偶有漏网的，经过四十多年的风云变幻，也都找不到了。七叶作为被压迫阶级，曾经分得章家的浮财，计有太师椅一张、棉被一床、枕头一个、茶杯两只。后来太师椅被四清工作队借去使用，被一场大火所烧毁，棉被是三姨太朱凉的，被面是上好的缎子，水红的底，上面是猩红艳丽的玉兰，七叶说她从来没见过这种猩红颜色的玉兰花，被面十分漂亮，摸上去又软又滑，像水一样。

这床漂亮无比的棉被分到七叶手里的时候朱凉已经在水磨

地区消失，以后再也没有找到她，当时最流传的一种说法是朱凉跳河自杀了，但在下游，一直未能找到她的尸体，人们估计，关于朱凉之谜，只有七叶知道。但七叶在破获章孟达一案时起到了重要的作用，人们并不认为七叶有什么阴谋，比如把朱凉藏起来之类。

在那个下午，陈农被章孟达的自信和傲慢所激怒（也许还有别的），从而失去了应有的耐心，他冷冷地说：算了吧，何必多费唇舌，现在可以马上传章希达，让他来说。

白脸书生章希达天生柔情似水，缺乏英雄气概，他走进审讯室的时候气已全部泄尽，像我们的电影中任何一个革命的敌人一样，垂着头，丧着脸。他属于不狡猾的那类，他听天由命地坐在椅子上，语气平静地说出了暴动的组织，攻打的几套方案，正副指挥，敢死队分子，有多少人，有多少枪。

章希达是陈农打开的第一个缺口，这个缺口开得如此容易，连陈农都有些意想不到。陈农说我们的政策是坦白从宽，抗拒从严，你若坦白了，我们一定从宽处理，否则，必死无疑，你好好想想，是死是活，自己决定。

章希达不知道从哪里想起，怎么想，他的脑子里一片空白，在空白中朱凉美丽的容颜停留在那里，她脸上的轮廓，耳垂上的叶形翡翠，嘴唇上的朱红颜色，点点滴滴，不可抗拒地凝固在章希达的眼前，它们带着真实的颜色和隐隐的香气缭绕，这香气每当希达走到三楼的回廊就能闻到，它们从朱凉的房间散发到楼廊上，气味很淡，让人联想到朱凉的体香和某种叶子焚烧时发出的香气。希达深深地吸了一口气，一个念头固执地充满了他的意识，这个念头像晶体一样放出光芒，锐利而璀璨，它不顾一切，强大无比，从所有的其他念头的头上阔步而过，这个高于一切的东西就是：

活着。

章孟达从陈农说出希达的名字起，就一眼看到了这件事情的悲剧性结局，他在幻觉中感觉到某颗子弹正在穿越不算太厚的时空，一丝不苟地、命定地向他逼来。他看到自己被五花大绑地押往河滩，在那里，红色的河水裹挟撞击着大大小小的卵石，轰隆隆地奔腾而过，就在河边，就在光秃而空旷的河滩上，在卵石之中，那颗子弹终于击中了他，那声音像一声闷雷吞噬着章孟达，他看见自己的胸膛绽开着，鲜血喷涌而出，腥甜的气味立即布满河滩，红色的卵石闪着鲜血的光泽。

后来的场景的确就是这样。

在那个审讯的下午，章孟达被一种视死如归的东西所抓住，他怜悯地看了一眼他从来看不上的弟弟，沉默良久。

章孟达，你还有什么可说的吗？

……

章孟达，你还有什么可说的吗？

你们要有证据。

在我的家乡和整个大西南（这个大西南潮湿神秘，天空永远有云雾，房屋前后长着奇形怪状的植物），至今仍然流传着一种"放蛊"的说法。放蛊，就是暗地里让人吃下一种药（这种药用一些古怪的植物或某种稀奇的虫子配制而成，产生的效果亦因配方的不同而各不相同），这吃了药的人便受到了迷惑，干起放蛊的人要他干而他本人不愿干的事，或者无缘无故莫名其妙地生出一些病，如肚子疼、颈疼，这就是中了"蛊"。而"蛊"是可以解的，但须得放蛊的人方能解，若这人死了，"蛊"即永不能解，中了蛊的人则永世不能得救。

流传最广的传说是，一个外乡人来到一个村子，和村子里的一个寡妇睡了觉，当他准备上路的时候，他发现自己得了一种奇怪的病。那天寡妇送他上路，到了村口，寡妇从怀里掏出一束美丽而古怪的叶子朝他挥动，外乡人一时觉得头昏恶心，他蹲在地上吐了起来，吐过之后他觉得浑身没有力气，外乡人就只好又回到寡妇家里。他打算养好病恢复了力气再继续上路。到了晚上，寡妇冷静地告诉他，她在他的饭里放了蛊，若要把它解掉，除非他愿意入门跟她结婚。外乡人急于离开这个瘴气弥漫的村子，便一口答应了寡妇的要求，他想一旦把"蛊"解除，他就立马逃跑。没想到寡妇在解掉此种蛊的同时，又放了另一种蛊，从此外乡人再也跑不了了，从此外乡人每天夜里一边怀念自己阳光明媚的家乡，一边身不由己地同寡妇睡觉。寡妇性欲旺盛（热带女人均如此），虽然比外乡人大了十几岁，却夜夜贪婪不足，在短短几年时间里，寡妇就衰老了（热带女人均早衰），那个外乡人却用这几年的时间学会了放蛊。有一天，他就给这寡妇放了一种最厉害的蛊，寡妇中了蛊之后很快就死了。外乡人一心要复仇，一心要回到自己的家乡，却忽略了一个事情，寡妇给他放的蛊，只有寡妇本人才能解，寡妇死了就没人能解开这种神秘莫测像魔法一样的东西。外乡人绝望地发现了自己永世不再可能得救，他只有日复一日年复一年地生活在这个终年潮湿难耐、永远见不到蓝天的地方，吃一辈子泡得发霉的酸笋酸菜，还有令人作呕的蜂蛹竹虫，长一身厚厚的皮癣。外乡人越想越不甘心，他决意要向当地的姑娘放蛊，以雪深仇。就在外乡人花了几年心血，配制出一种他认为最高明的药方，并即将实施的时候，他发现自己得了一种病，他惊恐地意识到在他不知不觉中被人放了蛊，这是一种更高明的法术，外乡人被这种高明的东西所击败，成为一个日渐干枯的沉默老头。

　　这肯定不是一个美好的传说，我们有理由期待一个更好的结局。比如一位美丽的姑娘爱上了外乡人，而姑娘的父亲既是德高望重的族长，又是法力无边的巫师，他替外乡人解掉了"蛊"，外乡人幸福地和姑娘结了婚，他每天吃着酸笋酸菜、蜂蛹竹虫，他发现这是多么可口的佳肴，他的皮癣退去，长出了一身与当地人毫无二致的橄榄色皮肤。一言以蔽之，外乡人从里到外把自己融入了这片瘴气弥漫的土地，从而过上了幸福的生活。

　　美满的结局没有出现，在这个传说中，充满了恐惧、绝望、对自身境况的无能为力。在这里，异乡永远像一只阴险的猫，它蹲在暗处，瞪大眼睛，你一不留神它就跳到你面前。

这个感觉长久以来潜伏在我的内心，沉睡未醒。

在水磨，我得了一场重感冒，高烧不退，头昏眼花，恶心想吐，我躺在章家宅楼斜对面的小旅馆里，想起了这个有关放蛊的传说。我在昏睡中想到，七叶在我喝的茶中放了蛊，我中了蛊了。但我对这件事还从未有过直接的经验，我认识的人中包括我的九十二岁的外婆也没有中过蛊，这使我对此事半信半疑。因此我又想，这不会是真的。

那天（好像是昨天，又好像是前天，或者是某一天，我病中无法记日记，这样我就没办法搞清楚时间），七叶让我坐在她的床上，我注意到她的房间里除了床，的确没有供客人落座的地方。在漫长的细雨蒙蒙的日子里，日渐衰老的七叶就坐在门口的廊椅上，像当年朱凉一样喝着茶，缅怀往事。

床上是那只从章家分得的枕头，不知为什么，当时七叶没有用枕巾把它盖住。这是一只用粉红色缎子做面的枕头，椭圆形，镶着宽大的荷叶边，枕面上绣着一双蓝色的鸳鸯。缎子的质地很好，虽然四十多年时光的磨损，看起来仍有七成新。我赞叹着伸手摸了一下，感觉到有些潮乎乎的，我猜想是刚刚拆洗过。在南方，凡是刚洗过的东西，不管干了没干，摸上去一概是这种感觉。

这时候我突然看到枕头旁边放着一个相框，相框里是一张黑白的女人照片，一个美丽忧郁穿着旗袍的女人。她与这个昏暗的日子、与这个没有椅子的房间、与这个衣着平常的老女人，以及这个边远小镇、这幢韶华已逝的老宅楼，与我置身其中的一切是那样的不相配。我想这照片中的女人至少应该在上海或者南京（都是我从未去过的地方）的某一间宽敞明亮的房间里，这房子简洁可爱，周围盛开着大朵大朵的白色百合花。

这是你吗？我问。

七叶说：不是。

她的回答立即传导了一种强烈而怪异的东西，我一时不知道那是什么，同时我觉得头脑十分混乱，不知道自己怎么会来到这样一幢暗红色的旧楼里，面对这样一个枕头边放着女人照片的老女人的房间。

后来我想，如果七叶是一个又老又脏的老男人，看到他枕边的女人照片我肯定不会如此悚然心惊。任何一个男人（不管年龄身份地位）怀念任何一个女人（同样不论年龄身份地位）都可以往美好的爱情那里想象，而且两人之间的差别越大，这中间的爱情故事越是曲折离奇绚丽多姿。

我觉得七叶正盯着我看，她的眼神失却了廊椅上的少许慈祥，变得幽深和含义不明。我说我要走了，我有些头昏，我要回旅馆。

七叶说我看你害怕了。你的眼睛很像她，我还以为你是从她的老家来的。你知道有一个叫博白的地方吗？古时候出过一个美人叫绿珠（这都是太太说的。太太朱凉在漫长的日子里不经意地将七叶塑造成一个略通文墨、小有知识、懂些情调的女人。从七叶这扇窗口，我们可以窥见章家三姨太朱凉是怎样用她的美丽与才气、她的情感与神经质、她的霸道和礼贤下人等等这一切来浸染七叶的。好戏也许全都隐藏于其中，这场戏的场景就是这间我正在其中的幽暗的房间，门外是红色的楼廊，窗外是红色卵石的河滩，一场好戏就要开始了）。太太就是博白人。七叶用怀念旧情人的语调说着朱凉，她的声音断断续续，浮悬在空气中，就像某种既粗糙又柔和的物质，它们本来属于流逝已久的时间，它们消散在看不见的地方，却在这样一个时刻，受到一个外乡女人眼睛（这与它们有什么神秘的关联呢）的召唤，它们从过去时空蜿蜒而来，单纯而不朽。它们带着往昔熟悉的步伐奔向床头的黑白照片，使之变得熠熠生辉，美丽非凡。

我决定不告诉七叶，我虽从北流来，但我的老家正是博白县这一事实。我担心自己身不由己地陷入某个阴谋。在那个瞬间，我眼前闪电般地掠过一个场面：七叶举着一件年深日久式样古怪的月白色绸缎衣服（这肯定是朱凉的遗物，通过某种十分曲折隐秘的途径保留下来的，每一根丝线都浸染了逝去的岁月，每一粒纽扣都残留着朱凉的印痕）朝我挥舞，她嘴里说道：你的衣服湿了，快换下来。我看到在幽暗的房间里这件白色绸缎衣服在独自晃动，就像朱凉鬼魂附身。

我什么都没有说。即便这样，七叶仍然把我看做一个与朱凉有着神秘联系的人，在一个规定的日子（细雨蒙蒙，适合怀旧）、从一个可能的远处来到这里。七叶给我沏了热茶，她说你要是头昏就在我床上躺一会儿。她摸摸索索从门角的墙缝里掏出一小根干草辫，她擦着火柴，一小朵火苗立即从草尖上浮起来，虽然温温绵绵的不甚兴旺，却使这个潮气浓重阴湿幽暗的房间顷刻有了一点明亮的暖色。七叶却一下把火吹灭了，她举着草辫，在床前床后，屋里的各个角落晃动，淡灰的烟拖着小小的轨迹在房间里滑动舞蹈，香草的气味饱满地涨起，房间也因此干燥舒适起来。

这是一个充满善意的举动，它甚至使我想起我的外婆。我小时候，她老人家常常点起一种艾草编成的草辫在我的床上晃来晃去，她黑色宽大的衣襟触碰着我的脸，使我感受到慈爱、充实、安全等等混合在一起的含义复杂的东西。

熏草的香气笼罩了我。我安静地坐着，全身放松，同时感到了一种抚慰。这时我注意到，靠床的那面墙上有一个出口的痕迹，可以想象那是一个通道的出口，曾经装着木门，现在已经用砖填上了，只是砖缝没有被固定，似乎用手一扳就可以抽出。

这样的小木门在每层楼梯的拐弯都可以看到，它们通向这所暗红色旧楼的地下通道。章孟达曾经在这里藏过枪支和炸药。陈农在一个下雨的日子里，曾经带领一个班的民兵来搜查。当时七叶正在朱凉的房间里熏草，在连接不断的雨声中她听见一片杂乱无章的声音涌了进来，木鞋拖泥带水地响着，笠帽、蓑衣互相碰撞,还有一两声铁器撞着木头的声音,七叶以为来了几个杀猪的,她探出头,看到戴着笠帽的陈农正指挥着人马在楼梯口的那扇木门上乱撞。柴刀铁锹撞击着质地坚硬的木门,在寒冷的雨意中有点像大年三十厨房里几个砧板同时剁白斩鸡的声音(章孟达的这些木门正是用了一种最坚硬的专门用来做砧板的叫做线木的木头),又像有人把被子蚊帐一应大件的东西莫名其妙地拿到了章宅的大天井里捣洗,发出一片捶打的声音。

这片声音兴奋、富有弹性、喜气洋洋、幸灾乐祸。一个以阉猪为生的后生看到在三楼探头的七叶,他大声喊道:七叶,你也下来吧!敲打的声音一阵兴奋,如同纷纷扬扬的石片自天而降,既轻快又沉重,气氛热烈,像造房子或杀猪那样欢快。又有一个人喊道:让三姨太也下来!另一个人呼应道:姨太太都是被压迫阶级。男人们全都听出了另外的意思,他们一声高过一声地说,被压迫得哇哇叫,压疼了,起不来了。他们开心地大笑起来,笑声落在狭窄的楼梯道发出嗡嗡的回声,如蜂群汹涌。

雨意越来越浓,天井里的夹竹桃被裹上了一层铅灰的颜色,空气中寒气弥漫。陈农领着人砸开了四个木门,门内并不像陈农想象的是一个大地下室,可用作秘密会议的地点,而是一个半人高的介于壁橱与地窖之间的封闭空间。这四个楼道夹墙中分别放着咸菜坛子、封缸黑米酒、木薯、红薯、芋头,连枪的气味都没闻到。陈农又冷又饿,忽然看到手下人正用一个竹箩筐往里装着芋头红薯,陈农问:你们这是干什么?手下人说:同志们饿了。

陈农迟疑间一个人说：这章孟达，反革命一个，别说吃他点芋头，就是杀他的猪，也是应该的。

杀猪这个词，真是一个十分美好的字眼，在这群又冷又饿的人中焕发出了诱人的光辉，回锅肉的色香从这个词辐射出来，直抵人们的舌尖，在铅灰的雨意中颜色鲜艳地悬浮在鼻子的跟前，想象中的香气涨满了每个人的大脑，因了杀猪这个词的召唤，人们顷刻振作了起来。有人呼应道：杀他的猪。许多声音说：杀他的猪，杀反革命的猪，杀猪！杀猪！共同的诱惑使这个声音迅速变得整齐划一，铿锵有力，变成了统一的意志，这个意志覆盖着陈农的大脑，他不由自主地说道：杀猪。

杀猪的嚎叫声凄厉地回荡在整个章家宅院，从一楼直抵四楼，先期下锅的红薯和芋头已经飘出甜丝丝的香气，给这个寒气浓重的下午混进了些许温和的气息。

七叶到厨房给朱凉的手炉加火炭，她看到一头大白猪被捆住了四肢放倒在大天井里，猪颈上淤着一摊血。雨已经变小了，毛毛细雨飘落在猪身上，将颈前的血慢慢冲淡。有人提着一大木桶滚烫的水甩摆着之字形走过来，浓白的水汽晃动着在他面前形成一道厚薄不均的气墙，他的上半身隐没在一片白气中，面目不清，只有他穿着草鞋的双脚一步一步劈开水汽，他湿漉漉的裤脚互相摩擦，发出猎猎之声，很像红旗在风中飘动发出的声音，那只硕大的上了黑桐油的木水桶被这双脚牵动着，径直走向天井里被刺破颈喉的猪。他将这桶滚烫的水举起来，哗的一下倒在猪身上，浓白的水汽腾的一下铺天盖地地升起来。这些水汽在锅里被一再加热，它们憋足了劲，鼓足了热情，它们是水中的热情分子，现在它们一下被释放了出来，它们迫不及待地奔涌而出，它们舞蹈、歌唱、扭动、喊叫，蔚为壮观，在铅灰色的雨意中，这一大片白色的水汽既辉煌又恐怖。

当白气消散的时候，一个人拿着一根铁条走近，他蹲下来，把铁条往猪脚上切开的一个口子拼命捅，使皮和肉撕裂、分离，然后他用嘴贴近那个猪脚上的口子，一下一下往里吹气。猪的身体一点点胀大，一点点变成了一个椭圆形的充气体。

手持菜刀的人就过来了。菜刀闪闪发亮，它们刚刚在红色的磨刀石上经受磨砺，去尽了锈斑和污垢，磨平了凹凸，它们一无杂念一往无前锋利无比，在铅灰色的下午闪闪发亮。手持菜刀的人在吹胀气的猪身上刮毛，认真、专注。

七叶加了火炭往楼上走，满耳刮猪毛的声音，她走到三楼回廊的时候，朝天井下面看了一眼，她看到这猪已被刮净了毛，四肢也松了绑，正四仰八叉地躺在暗绿色的天井中，极像一个被剥光了衣服的人，令人毛骨悚然。

雨又开始下了起来，无边无际，从河滩那边漫过来，发出蚕虫吃木薯叶（此地没有桑叶）的细小声音。天越来越暗了，陈农领着人又打开了两个墙门。木门一砸开，陈农就闻到了铁和油的气味，这是一种陈农熟悉的气味，他深深地吸了一大口，就像一个饥饿的人闻到了好吃的东西。陈农让人从厨房点了一根松明送上来，在冒着浓烟的火光中，他发现了这两个还未来得及放上任何东西的地窖（或壁橱）空荡荡的地上有油纸的纸片。

这是用来包裹枪支的。

陈农长长地出了一口气，当他再次吸气的时候他隐隐闻到了回锅肉的香味，这香味一经进入陈农的意识，立即浓重地从楼梯奔涌而上。陈农想，杀猪杀对了，章孟达就是反革命。他举着裹枪的油纸，心里想，不知章孟达把枪转移到什么地方去了。

整个搜查过程中，朱凉始终没有离开她的房间，她甚至没有离开过她的躺椅。撞门和杀猪的声音从楼梯和天井传进来，它们同时到达朱凉和七叶，它们在朱凉身上消遁，却在七叶体内曲折而快速地奔走，然后从她狭窄的喉咙再度冲出，夸张而变形，它们声势浩大，一次比一次强大和真实，一次比一次恐怖。

这个下午朱凉让七叶找来了所有的香炉，在案头、梳妆台、床头柜、桌子、椅子等所有的地方全都安上了熏草，淡绿色的干枯叶子像一些细小别致的栏栅，参差不齐地竖在房间里，既古怪又可笑。淡灰色的烟从毛茸茸的草叶间缓缓上升，它们修长的手指柔软地伸向朱凉，抚摸她冰冷的双手和脸庞。房间里一片草香。

朱凉在寒冷的季节里极少熏草，除非是特别潮湿的日子。

我躺在章家宅楼对面的小旅馆里，看到夏夜的星辰在降临，它们凉爽、妩媚、热情大胆，使我在潮湿难耐寒气浓重的昏睡中抽身而出，以我的幻想和肌肤触及到某一种东西。在夏天，朱凉躺在竹榻上，她穿着薄如蝉翼的纱衣，洁白、透明。在酷热的夏天，朱凉在竹榻上常常侧身而卧，她丰满的线条在浅色的纱衣中三分隐秘七分裸露，她乳房和腰肢的完美使男人和女人同样感到触目惊心，在幽暗的房间中既像真实的人体又像某幅人体画或者某个虚幻的景象。

七叶常常面对这样的朱凉。

七叶从糠市上跟朱凉来到章宅，在正对着天井的回廊上看到两个穿得很鲜亮的女人靠着廊柱嗑瓜子，一个老些胖些，另一个年轻且俏丽，嘴唇上方有一颗明显的黑痣。后来七叶知道，她们一个是大太太，一个是二太太。二太太看到七叶就"哟"了一声，大声说：这回算是挑着了。七叶从她们旁边经过时，二太太摸了摸她的头。

七叶干的第一件事就是给朱凉打水洗脸，她在回廊上再次碰到了二太太，二太太诡秘地笑着说：三太太整日不说话，老爷想宠她都不知道怎么宠。二太太拍拍七叶肩膀，又说：你来了就好了。

在亚热带的广大区域，在夏季闷热的气候里，人们每天洗澡，有时一日数次，她们用铁桶或者木桶，在狭窄的洗澡间（或者是专门建造的，或者在天井用木板竹席圈围而成，或者在厕所，或者在柴房，在一切有下水道或出水口的地方），在那些隐蔽的地方撩泼桶里的清水，冲洗她们灼热发黏的肌肤。亚热带没有集体澡堂一类的设施，没有众人一起沐浴的习惯，她们不能在别的女人面前裸露自己，从最富的人到最穷的人，全都在单独的地方洗澡。我从很小时就知道，北方最可怕的不是寒冷，而是洗澡。一想到要在别的女人面前脱光衣服，两广人永远感到绝望，她们出门总要拎上一只桶，以便在任何情况下能用一桶水回到她们的习惯中。我上大学是在故乡以北的中原城市，在头两年，即使到了零下七八度，我也不敢到热气蒸腾的澡堂去，每每想到那个赤裸裸的处所，总有一种见着了可怕东西而魂飞魄散的恐惧。这种可怕的东西是什么？是美，还是自身？我至今无法精确地描述。大学时代已经过去很多年，现在在我的眼前浮现的，是寒冷冬天的灰色台阶，一些瘦小的女孩拎着热水往上走，她们皮肤相仿，眼睛大而深陷，她们来自两广的城市和小镇，她们把水拎到洗漱间，在广大的寒冷中，细小的热气在晃动。这些瘦小的女孩中有一个就是我。

　　直到第三个学年我才逐渐摆脱这种莫名其妙的不敢正视别人裸体的心理。当时是春天，三月份学雷锋，学校开了两辆卡车给有关班级下去做好事。卡车把我们运到一个干涸了的大泥塘，我们在那里挖了大半天塘泥，我至今也没弄清挖塘泥是干什么用的。总之我们在棉衣里焐了一身汗和风尘仆仆之后迫切需要洗澡。那天是星期三，澡堂不开放，学校破例给义务劳动的人们免费洗澡，我犹豫再三，在最后一刻被同屋拉着一起进了澡堂。我一路紧张着，进了门就开始冒汗，我用眼角的余光瞟见别人飞快地脱去衣服，光着身子行走自如，迅速消失在蒸气弥漫的隔墙那边。我胡乱脱了外面的衣服，穿着内衣就走进喷淋间，只见里面白茫茫一片，黑的毛发和白的肉体在浓稠的蒸气中飘浮，胳臂和大腿呈现着各种多变的姿势，乳房、臀部以及两腿之间隐秘的部位正仰对着喷头奔腾而出的水流，激起一连串亢奋的尖叫声。我昏眩着心惊胆战地脱去胸罩和内裤，正在这时，我忽然听见一个声音大声叫出我的名字，我心中一惊，瞬时觉得所有的眼睛都像子弹一样落到了我第一次裸露的身体上，我身上的毛孔敏感而坚韧地忍受着它细小的颤动，耳朵里的声音骤然消失，大脑里一片空白。

我感觉到了身上的冰冷，再次听见了那个声音在叫我，她说：小林，小林（七七级班级里的称呼有点像单位，她们之间的年龄相差十几岁，但这种称呼有一种亲昵，比单位里的程式性称呼多了一层温馨），你到这来，这有地方。我听出这个声音是班上待我极好的一个大姐发出的，她比我大十岁，刚生了孩子就来上大学。我抱紧双肩，朝她的声音望去，我一眼看到了她松软下垂的腹部和硕大的乳房，她正用手在那上面搓揉，我一下觉得无地自容，我不敢看她，也无法让自己到她那里去。我站在澡堂中间，觉得孤独极了，白色的蒸气保护着那些跟它亲近的人，她们在它中间像美人鱼和仙女，如鱼得水，如仙女得云，我虽然近在咫尺，却与我全然无关。

我绝望得就要哭了出来，这时我的同学从人群中走出，她牵着我，一直把我牵到喷头的下方，她说：小林，你不要怕。温暖的水流从我的头顶一直流下来，流遍我的全身，在水流中我一再听见一个温暖的声音对我说：小林，你不要怕。这个声音一直进入我的内心，我终于忍不住哭了起来。眼泪如注。

因此我想，这个朱凉是个多么特别的人，这个我的同乡，生活在四十多年前，她一定比我更害怕在女人面前裸露自己的躯体，她在七叶面前一次次裸露自己，一定是要跟自己内心的某种东西（比如害怕）对抗，以此获得刺激与快乐。

在炎热的夏天，中午时分，七叶把清凉的井水端上房间，朱凉总要把上衣解开，她俯着身，把脸浸在水里，慢慢吐出气泡，这是一种以水泡按摩皮肤的特殊的美容法，她深深沉浸于其中，然后她把脸擦干，再俯身将前胸浸泡在大铜盆里，同时发出一两声轻微的嘶气声，然后换上一件又大又软的丝质衣服，她坚挺的体形在空荡荡的衣服里若隐若现，凹凸有致。

她在竹榻上午睡，她睡觉的时候让七叶坐在旁边，她一旦入睡，身上就会散发出一种美丽女人浓睡时散发的香气，这是一种奇怪的现象，我曾在某一两位女人身上闻到过。八四年冬天，我在图书馆工作，我跟一位女同事下县城出差，县招待所只有一个空房间，里面摆着一张大床，一看就是供夫妇专用的，晚上我和同事共睡一床，睡前都洗了澡，各自身上发出同样的清洁气味。很快她就睡着了，我迟迟未能入睡，这样我就闻到了她身上发出的香气，那绝不是一种淡淡的若有若无的淡香之类，而是十分真切的,一闻就能确定无疑地闻到的香,越靠近她,这香就越浓,我躺在床上一再地闻着这香,一边困惑不解,一边一再确认。天亮之后我把这个发现告诉她,她使劲地闻着自己身上,一边说:我怎么闻不着?这时我发现,夜晚的香气确实消失了。

朱凉在竹榻上午睡,她的香气由淡变浓,细小的毛孔悄然张开,像一些细小的门窗。那些香气袭人的小精灵翕动着翅膀从那里飞出,露出它们洁净的面容。我怀疑这是一些来自上天的香气,它流经人间,在新鲜的花朵和植物以及美丽的女人身上停留。

七叶在朱凉死后的许多年,在许多个炎热夏季的无数个漫长下午,独坐室内,总是一次次听见从洗澡间传来的拍巴掌的声音。这是一些奇怪的声音,既像豆荚爆裂,又像竹片在水面上拍打,它们富有节奏,轻重不均,一串串地从那个青苔气浓重的潮湿之处走出,清脆而滞重,如果仔细倾听,会有一丝滑腻的摩擦音,它们脱离了产生它们的物体,变成一些单独的声音飘荡在空中。这是朱凉洗澡时拍打身体的声音。

这个女人不知从何时始,为了什么样的理由养成了这样一个毛病,这本来是上了年纪的人(比如过了五十岁)松筋舒骨的伎俩。按照我的推算,朱凉在四几年最多二十六七岁,远没有到腰酸背痛的时候。朱凉洗澡总是要花费比别的太太多两倍的时间,她让七叶在她全身的所有地方拍打一遍,她那美丽的裸体在太阳落山光线变化最丰富的时刻呈现在七叶的面前。落日的暗红颜色停留在她湿淋淋而闪亮的裸体上，像上了一层绝妙的油彩，四周暗淡无色，只有她的肩膀和乳房浮动在蒸气中，令人想到这暗红色的落日余晖经过漫长的夏日就是为了等待这一时刻，它顺应了某种魔力，将它全部的光辉照亮了这个人，它用尽了沉落之前的最后力量，将它最最丰富最最微妙的光统统洒落在她的身上。

她身上的水滴由暗红变成淡红，变成灰红，浅灰，深灰，七叶的双手不停地拍打她的全身，在她的肩头不停地浇些热水，她舒服地吟叫，声音极轻，像某种虫子。

很难想象有哪两个女人的关系是如此的紧密，这使我们很容易想到某个在西方通行的合法的词汇，从七叶一闪而过的诡秘神情和多年以后她对朱凉的忠诚（像不像《蝴蝶梦》）和深情，使我推断她们之间有些不同寻常的东西。

但这是不可知的，这是一个必须严守的秘密，这个秘密随着另一个人的消失而愈加珍贵，它像一种沉重的气体，分布在这间暗红色宅楼的房间里，你无论如何也看不见它们。我们只能看见，当年章孟达到三姨太朱凉的房中过夜，天亮之后他从房里踱出，脸上总是布满疲倦和困惑的神色，朱凉亦是如此。

陈农没有在章宅搜到枪支，他在既无奈又无聊的夜晚到河边散步，望见章宅临河那面墙上有一个菱形的窗口，遮住窗口的是一方猩红色的窗帘，质地柔软下垂，有几次被风卷起一角，终于未能看清窗内。陈农想到这窗里住着章孟达的三姨太，想到三姨太他心里顿时别开生面，章孟达在暴动败露之前是共产党政府的参议员，他家的客厅是议事之处，陈农在章家进出，时常看见美丽的朱凉坐在三楼回廊的廊椅上，看书或者钩花。现在章孟达事发，大太太二太太带着孩子回娘家了。大太太娘家有钱有势，虽然以后会划一个地主成分，但不至于被镇压。二太太娘家是殷实之家，陈农在心里按照《中国社会各阶级的分析》将之划在富农与上中农之间，并且认为，只要老老实实过日子，不会成什么问题。

只有朱凉，朱凉的名字和她美丽的面容在陈农心里唤起了一丝惜香怜玉的感情。陈农是省城郊县烟农的儿子，由叔父资助读了一些书，小资情调隐藏在骨子里的某些看不见的地方。陈农胸怀革命的大目标，别开生面（或鬼迷心窍）地打算动员朱凉站在革命的一边，指出章孟达藏枪的地方，从而获得再生的机会。

陈农站在河边的红色卵石上眺望那个窗帘低垂的菱形窗口，决定连夜提审三姨太。

陈农临时决定避开镇公所的那间枯燥无味公文气十足的办公室兼卧房，他想起自己的臭袜子和弄脏的内裤一起塞在席子底下，散发着亦酸亦腥的霉味，他对自己强调着另一个理由：章孟达弟兄也关在镇公所，不应让他们见面。

夜雾降临的时候陈农把朱凉叫到了镇上的小学校，小学的几间屋子一片漆黑，悄无声息。七叶陪朱凉来到门口，她们正拿不定主意是不是应该进去，忽然门内有个人一下按亮了电筒，电筒光射在朱凉的脸上和身上，使她一时睁不开眼睛。那个声音说：就你一个人进去。他拦住七叶说：你先回去，我会送她回去的。

朱凉跟在陈农身后走进一间虚掩着的小屋子，陈农说：你不要怕。

陈农说：我很同情你。

陈农说：你不是自愿嫁给章孟达的吧？

陈农说：你娘家一个人都没有了吗？

陈农说：常常看见你坐在廊椅上看书。

陈农说：你以后怎么办呢？

陈农说：章孟达死定了，壁洞里找到了裹枪的油纸。

陈农叹了一口气说：你还很年轻啊！

夜晚细小的风在室内无声地穿行，把煤油灯的火苗撩得一跳一跳的。七叶站在大门口看着朱凉被电筒光牵引着走进深不可测的黑暗之处，她决心守着她，她坐在大门口的青石镇石上，用一只鞋隔开冰凉的石气。她目不转睛地望着黑暗中的那粒灯火，她看到它在浓重的黑夜中格外细小、微弱，并且飘忽不定。

她忽然看到这粒灯火在一次晃动之后没有回到原来的位置，它无声地在黑暗中消失了，就好像这门里本来就这么黑，从来没有点过灯似的。七叶一边站起身一边惊慌地叫着：太太——太太——

她穿着一只鞋就往里面跑，她踩着了一只松果摔了一跤，她坐在地上大声喊道：太太——

同时她听见朱凉在喊：七叶，七叶。

两个声音在黑暗中互相找着了对方，它们在空中交汇、触碰，彼此呼应，恰似是这种交汇的结果，灯重新亮了起来，陈农说：七叶，你还没走吗？

陈农又说：七叶，别害怕，刚才一阵风把灯吹灭了。

第二天下午陈农领着人在山林深处一棵老榕树上找到了四支用油纸包裹着伪装得很好的步枪，这是章家雇来专门挑水的担佬告诉陈农的，担佬后来在分浮财的时候分得了章孟达房间中的大部分家具。

此后章家的下人有知道藏枪之地的都先后举报了，朱凉命七叶亦去举报，她把一个藏枪最多的地方告诉了七叶。在那些日子里，漫山都是找枪的人，他们兴致勃勃，叫喊着，唱着歌，挥舞着柴刀，劈开树杈和茅草，在亚热带的原始森林里蜿蜒而行，然后他们到达一棵大树底下，他们抬头仰望，巨大的树冠遮天蔽日，层层密实的树叶像大海。面对大海的人们脑子里想着一杆枪，他们中的某一个人用手指出了记号，就像一双神的手，伸手一划，深不可测的茫茫大海瞬间向两边分开，海水退去，乌黑发亮的枪安然露出它们珍贵的容颜。他们顺着记号望去，看到了在浓密暗绿的枝叶间隐约可见的包裹。

乌黑发亮的枪安然露出它们珍贵的容颜。

在那些日子里，秘藏的枪一支又一支地找到了，它们闪着油亮的光泽翩然而至，像黑色的巨形针叶花瓣围绕着一个圆心聚集在一起，这朵黑色的花就要喷出火焰，乌黑的枪口就要对准章孟达的脑袋了。

执行枪决的地点是河滩，章家宅楼有一面墙对着那里，那面墙的三楼有一个菱形窗口，窗帘低垂，窗外视野开阔，一直可以望到对岸，对岸有一棵孤零零的木瓜树。

（陈农傍晚的时候喜欢到那里抽烟。）

枯水季节的河滩卵石裸露，河床放大，细小的红色水流从卵石中间曲折流动，像一条细长丑陋的红色的蛇，它支汊繁多，遍布在卵石的缝隙中。刚刚下了场大雨（枯水期的雨水极其少有），卵石们在河滩上湿淋淋地闪耀着红色的亮光，密密麻麻大大小小，像一片雨后新生的蘑菇，色泽鲜艳。鲜艳的蘑菇散发着白色有毒的气体，云朵低低地悬在河谷上。

章孟达就这样被押到了河滩上。

他和章希达以及敢死队的队长三人一起被押到了河滩上，章希达完全没有想到这样一个结局，供是白招了，密是白告了，祖宗的跟前是永远也说不清了。希达转过头，看了看自家那幢暗红色的宅楼，他感到这面暗红色的墙壁正冷着脸朝他压过来，不动声色中有无比威严。那个菱形窗口恰似一张张开的嘴，恐怖之物就要从那里出来，又像一只独眼，一眨不眨地望着他。希达软软地瘫了下来，一泡热尿从腿根一直流到鞋底，他被两个人架着往前走，他软软地看到大哥孟达戴着高帽稳稳地走在前面。

他们向河边走去，他们被分排在高低不平的卵石上，面对那条像蛇一样曲折细小的河流，背对着那幢代表了当地最高水平的庞大宅楼（在章孟达作为开明人士的时期，曾经向大西南工作队的共产党人夸口说，这幢宅楼日后一定是本县人民政府的所在地。章孟达死后一年，这个预言成为了事实，县政府头两年设在此处，迁走之后成为盐矿的矿办所在地），章孟达被一枪打倒，他像一根木桩直直地倒在卵石上，敢死队队长连中三枪，他大喊一声，滚到了细长的水边，一只手落在红色的河水里，章希达没被击中就倒在了地上，七八发子弹击不中要害，验尸的时候发现还有气，又被补了两枪。

一九九一年章孟达的儿子从美国回来探亲（他的生母二姨太还活着），以投资三百万美元建设家乡为条件，要求给父亲平反，他的陈词中认为他父亲章孟达是民主人士，对政府有过贡献，要求提得有理有据，县财政和统战部门均认为不成问题，只需过一下核实手续，下来了解情况的人找到了陈农，被陈农坚决驳回，此事终未成为现实。次年春天，二姨太病逝，美国的儿子奔丧之后一去无音讯。

朱凉的失踪很久以后才被人们注意到，当时工作队任务繁多，还来不及处理章家大宅及其浮财，家中下人均已遣散，只剩下三姨太朱凉和使女七叶。

陈农在黄昏的时候照例到河滩抽烟，河滩上人血的腥甜气味和子弹的火药味尚未消散殆尽，它们在低低的云层下面滑腻地飘荡着。陈农吸着水烟，心里无端地有些发空，这时他看见朱凉领着七叶及两个汉子来收尸，他们推着一辆木车，车上放着几床丝绵被，朱凉从车上拖下一床最新的丝被，亲手包裹了章孟达的身体，其余两人则由那两个汉子动手，他们将裹好的尸体小心地往木车上放，然后碌碌地拉着走了。

河滩上光秃秃的，陈农和朱凉他们彼此能望得见，但自始至终，朱凉没有朝陈农这边望。

有几天陈农没到河滩上散步，他到地区开了一个会，回来时路过章家宅楼，他推门走入，里面空无一人，一股阴森之气朝他凝望，使他身上无端发冷。陈农在三楼的廊椅上找到穿着白衣白裤像鬼一样的七叶，她眼眶深陷，明显消瘦，陈农没有从她嘴里打听出朱凉的下落。

镇上的人们都认为朱凉死了，有人曾经到一处水深的地方打捞过尸体，没有找到，下游也至今没有消息。

朱凉的死一直是个十分幽深的谜，事隔四十多年，七叶同样未能给我提供一个确切的答案，但我总是在七叶的眼里看到一种游游移移的东西，使我直觉到朱凉的死七叶肯定是知道的。

我在病中七叶曾经到小旅馆来过一趟，她说她去买菜，路过旅馆门口，记起我说过住在这里，就进来了，她说章宅的后园有一种治感冒的草，捣烂后用来熬粥，十分好使，若我想要，明天她给我带来。

我既迷糊又恍惚，我说我自己可以去取。我跟在七叶身后，再次来到章家的红色宅楼，门无声地张开，我看见里面有一些衣着古怪的人，她们站在天井的夹竹桃树下，对我和七叶视而不见，像是有一种寂静的空间阻隔着她们。我跟在七叶身后，穿过幽静的天井和回廊，走进一间看样子是正厅的房间，里面既黑又大，我只能看到七叶的衣角在我面前隐隐飘动。正厅的屏风后面有一窄小通道，穿过通道就到了后园，这是一块平缓的坡地，靠围墙放着一些大水缸，像天井那样的夹竹桃参差立着，其余就没看见别的。

七叶让我等着，她去找草药，然后一转身就不见了。我在陌生的后园拼命想找到七叶，我盲目地到每一口大缸和每一棵夹竹桃的后面找她，我听见自己的声音像一种奇怪的虫子在鸣叫，七叶却无声无息地消失了。我发现在靠近楼墙的一只大缸的旁边有一扇隐秘的木门，与我在楼梯的边墙看到的那种十分相像，我用手一推，木门轻易就被推开了，我注意到合叶很润滑，像是经常被打开的样子。我弯腰从木门进去，发现里面是一个夹墙，有一张桌子那么宽，有一种我熟悉的气味从夹墙的深处散发出来，我想起那正是七叶熏草的气味。我摸索着往深处走，我全身紧张手心出汗，我想我就要看到什么了。

我隐约看到前面坐着一个女人，我大声喊七叶，却无人答应，那个女人像没听见似的一动不动，我壮着胆往前走近，那女人低着头，我看不清她的脸，只看见她穿着一件旧式旗袍，这旗袍使我想起了七叶枕边的那张照片，我想这人正是朱凉无疑了。

我轻轻叫了一声，她还是没有抬头，我壮着胆伸出手碰了她一下，指尖上悚然感到一阵僵硬冰冷，我吓得转身就跑，忙乱中撞到了一个什么机关，这个人形标本（或是假的？）僵硬地抬起了脖子，发出一声类似于女人的叹息那样的声音。

我吓得魂飞魄散。

半夜里我在旅馆里醒来，暗暗庆幸这只是一个噩梦，我出了一身汗，脑子里清醒了一些，我决定第二天一早就走，我隐隐感到，如果我再住下去，很可能就会真的中蛊了。七叶苍老的面容、梦中朱凉的人形标本以及那张黑白照片中美丽的倩影像一些冰凉的叶片从空中俯向我，带着已逝岁月的气味和游丝，构成另一个真假难辨的空间，这个空间越来越真实，使我难逃其中。

我想我的确要走了。

第二天一早，我搭了一辆运盐的货车离开了此地，路上我想，不知七叶是否真的挖了草药送给我。

一九八二年我大学毕业，身上带着七十块钱只身漫游大西南，这对一个二十几岁的女孩子来说，算得上是一番壮举，就是在那次漫游中，我路过了水磨。这次游历艰苦离奇，在我的生命中留下了深刻的痕迹。

一九九二年秋天，我所服务的报社到该地区搞了一次活动，回来的时候，同事们从景洪坐飞机返回省城，我坚持坐汽车，这使我有机会再次路过水磨。我找到十年前进去过的章家宅楼，门口仍然挂着盐矿办公室的牌子,我向传达室的年轻人打听七叶,她一时有些茫然,我解释说就是住在三楼的老女人,她说那是七婆,是原来这里看门兼烧开水的,三个月前刚刚去世。我向她打听七叶的情况,她说她外婆或许知道。车还在等着我,我匆匆跑到后园看了一眼就离开了此地。

一九九三年一月,该地区发生了六点五级地震,不知那幢红楼震塌了没有。

瓶中之水

> 她正站在我的眼皮上
> 她的头发夹在我的头发中
> 她的颜色和我的眼睛一样
> 她的身躯是我的一只手
> 她完全被包围在我的阴影中
> 好像一块石头衬着蓝天
>
> ——艾吕雅《情人》

　　二帕是我虚构的一个女人，多年来我常常期待着与她不期而遇。她头发上的闪光、衣服上的皱褶从陌生的人流中分离出来，如同一种怪诞的羽毛飘在空中，我在人走室空的办公桌前总要看到它们。

　　二帕幼年时常用一种刨花水梳头，她头发上的闪光就由那种木质的气味构成。二帕蹲在潮湿的天井里，她木鞋的鞋跟出奇的高，凹凸不平，不像是一双大人的手做出的鞋，鞋板上用某种尖利的东西刻了一朵花的图案，刻痕滞涩，有的地方极深，有的地方却平浅，只能看到一道若有若无的划痕，甚至可以看成是用指甲刮出的效果。

那双木鞋鞋板上的古怪图案肯定是二帕自己刻上去的。既古怪又幼稚，这正是二帕的风格。木鞋上的花十分繁复，既有抽象的线块又有实的纹路，表明了一种费尽心血的愿望。还被染上了颜色，是一种十分混浊的红色，只有多种不同质地不同浓度的红色在不同的时间里一次次覆盖才会如此混浊，并且在两次红色的中间，由于二帕的奇思异想，会有某些黄色或青色或紫色在边缘渗透，但随即又被否定了，只留下一些阴影隐藏其中。

正是这种混浊诞生了二帕。

与混浊相对的词是纯洁，这个词在过了许多年之后在一个潮湿而寒冷的日子里变做一把尖利的刀子直插二帕的心脏，这把刀紧握在二帕的好朋友意萍手里，好朋友手里的刀总是比我们想象的还要充满力量还要锋利还要令你更受伤害。

受到伤害的二帕在无法睡眠的夜里失声痛哭，她的哭声压抑、难听、伤透了心，她孤独柔弱的哭声穿透我的纸张，在我的指尖颤抖不已。

二帕就这样产生了。

她的名字像洁白轻盈的花瓣载着她在我的头顶飘飞、浮动，我反复吟诵这个名字,看见她的眼睛在黑夜里成为一道永不消失的闪电。

小时候我跟母亲去一所堆满鞭炮的房子替人接生,土红色和黄色的纸屑布满了潮湿狭窄的过道,空气中是那种只有节日里才大量充满的硫黄气味,一个婴儿正在这种气味中生出。

这个新生的婴儿不是二帕,二帕当时蹲在天井里洗一大盆衣服,她穿着那双鞋跟高得极怪异的木鞋,听见来人的声音就扭过头,瞪大的眼睛里充满敌意。

二帕对接生五帕的人的仇恨源于对五帕的仇恨,五帕跟二帕不是同一个父亲,二帕的亲爸在二帕出生的第二年就跟二帕的母亲离了婚,据说他精神出了毛病,被送到一个很远的地方去了。二帕有一个姐姐叫大帕,二帕从来没有见过她,大帕是爸爸的孩子,却不是妈妈的孩子,大帕有另外一个母亲,她在她母亲那里。

现在让我把二帕从大帕三帕四帕五帕那里分离出来,二帕与她们不是水汪汪的姐妹关系,而是水与油的关系,二帕在家里吃饭睡觉干活,对姐妹们视而不见。

还要提到二帕的继父,他不是本篇的重要人物。但却是二帕生命的一个致命因素。提到他需要灯光转暗,一种使空气紧张的声音在他出场之前由远而近地到达我们的面前。

这是吹口哨的声音。

阴沉、漏气、锲而不舍,像蜘蛛丝一样又长又黏。这样的口哨声在暗无天日的天井、柴房、阁楼、杂物房响起，使我悚然心惊。

如果前台的边沿放一盏微仰的灯，灯光照在继父的头上，白色的墙上就会出现一个巨大变形的投影，这个黑色的头部与人身分离着，它嗫着嘴，朝二帕吹送着锲而不舍的口哨声。

很多年以后，我离开了小镇，在本省省会的一家图书馆工作。在这个时期，我开始写小说，我埋头写作，生活枯燥。我隐隐感觉到，我生活中将会发生某些事情，我一边等待一边写作，同时我又觉得，我正在错过什么东西。我年复一年地写作，总觉得我有什么东西没有写，而这些没有写出来的东西才是我唯一真正要写的东西。

我真正要写的东西是什么？真正要写的人又是谁呢？

有一天我到明园宾馆看望一位外地来的朋友，他恰好出去了，我便在大厅里等候。

那是夏天，我吃过晚饭去的宾馆，大概六七点。在我居住的这个城市，夏天一直延续到十一月份。在漫长的夏天，太阳要到八点才彻底下山，因此我坐在大厅里等候的这段时间太阳还很明亮，透过树影进入的光斑布满在大厅的空气中，赋予这个重新翻修的大厅（簇新的、现代的、现实的、物质的、商业性的）以一种意外的诗意，使这个坚硬的、对我产生排斥的地方变得柔软舒适，就像一件浆得很硬的新衣服过了水，穿到身上感到自然了一样。

我坐在大厅最僻远的一角,那里正好有一株高大的玉兰树挡在落地玻璃的外面,浓重的阴影包围着我,像一重屏障隔离着我和大厅里来往不息的人群。

这时我注意到一个年轻女人从电梯里出来,她匆匆穿过大厅,尽管室内的喷泉和盆栽植物挡住了我的视线,我还是一下子就感到了她的不同寻常。

她的衣服十分古怪,这种怪不好形容,既不是时髦,也不是不时髦,它只是不和谐,既像古代的,又像舞台上的,穿在她身上并不美,但这种不美却不同于街上女孩子不会打扮的那种不伦不类,虽古怪却蕴涵着某种不能透彻的东西。

我看到的是她的侧面,这个侧面有着某种我熟悉的内容,我预感到这个女人不同寻常,她对我一定有着未知的重要意义。我坐在沙发上被一种魔力所引导,死死地盯着她,好像我的目光能变成一种物质,使她转过脸来。

但她匆匆而过,在自动门前略一停顿,在门开的同时,一侧身就穿门而过了。整个过程快速、笨重,缺乏正常的自然和舒展,就像她的衣服给人一种别扭的感觉。

门外是强烈的阳光,她不得不侧过脸来,这样她的脸正好对着我,隔着宽大的茶色玻璃门我一览无余地看到了她,她脸上的线条、高突的颧骨、丰厚的嘴唇以及她单眼皮的大眼睛真实地出现在我的眼前,我来不及作出其他的判断,二帕这个名字就从我身体的深处一路上升,发出它悦耳的声音,像风铃一样摇晃着,触碰着我的皮肤和头发，并且立刻布满了周围的空气。

我要等的正是她。

二帕对我的意义我至今仍不十分明了，我坐在大厅角落的沙发上，隔着茶色玻璃看到的也许正是自己，只有我才会对二帕如此珍惜，如此充满激情。

二帕这时已经在这座城市里生活了八年，她在一九七八年出人意料地考上了一家财经学院，毕业后顺理成章地分在了银行工作。

有一天二帕看到了一本画报（或者是一份晚报），那上面介绍了一位年轻的时装设计师，在一组以麻绳和粗布和珠子构成的时装中间是一位长相一般的女性，二帕久久审视这张照片。

在那个漫长无聊的下午，二帕在报纸上看到了一个陌生的名字：陈意玲。这个名字在一堆乱麻粗布的奇装异服中向她探头探脑。这是一个新鲜的名字，这个名字向二帕昭示了某种可能性，二帕长时间地凝视着这组照片和文章，陈意玲，陈意玲，陈意玲，她一遍遍地默诵这个名字，陈意玲，生于某年某月，比二帕大两岁，血型A，毕业于中等师范学校，理想：成名成家。

看到成名成家这四个字，二帕心潮激荡，正像有一道亮光倏然而至，又如同一朵蓓蕾，隐藏在暗中，此刻有一道魔法使之突然开放，这四个字深埋在二帕的内心，这个叫做陈意玲的人却大声地说了出来。陈意玲，这是一个多么有力量的人，她的力量在这个下午成了二帕的力量，二帕像念咒语一样念诵陈意玲的名字，在这念诵中她感觉了某种再生的希望。

下了决心要成名成家的二帕毫无创造力地选择了同样的时装设计，她对这一行业一无所知，她对一无所知的行业充满了激情，就像一个气球，虽然内中一无所有，仅凭空气也能升上天空。

这是二帕事业的初创时期，杂乱无章、兴奋、忙碌、两眼放光而又默然无声。长期以来，二帕不知道自己该做什么，她既练书法又练长跑，还一度紧张地写诗，这次她一跺脚一闭眼，义无反顾，在义无反顾中获得了一种前所未有的平静与幸福。

就是在这个时期，二帕认识了意萍。

银行总行在这个城市开一个全国性的会议，由二帕所在的分行抽人出来搞会务，于是二帕得以参加这个会期长达七天、吃住在宾馆、会后到桂林游漓江、散会时能拿到一份礼品的会议。

本地的新闻单位都来了。晚报来了一个女孩，长得十分娇小玲珑，眼睛水汪汪的，闪烁着某种既像光线，又像水流的东西，引人注目。

报到的时候女孩伏在桌上签到，本上写着意萍的名字，这个名字与她的偶像陈意玲只有一字之差，这使她有点心神不宁。她心神不宁地往材料袋里装圆珠笔，她觉得女孩好像老在看她，她只好高度集中精神更加专心致志地装袋，她的双手很快就酸了。

我不知道二帕和意萍是怎样成为好朋友的，二帕性格孤僻，只有到了最要紧的关头才会主动与人交往，她从来只有一个世界，这个世界坚硬如铁，连她的生身母亲也难以进入。

意萍是个古怪的女孩，她的外表娇嫩清纯，谁也看不出她既有心机又有激情，并且有着某种越出常规的需要。当时意萍刚刚从一场失恋中恢复过来，她百无聊赖地坐在大厅里，看到对面有一个女孩动作僵硬地往牛皮纸袋里装材料，样子和神情都十分古怪，这种古怪深深地吸引了意萍。

我们已经发现，那些总是被同一些人爱上的人的身上一定有着某种特质，在我的周围有一位四十岁的女士总是吸引着比她小好几岁的男孩，她的丈夫就比她小七岁。有一位三十岁的女士，据她自己所说，喜欢她的男人，几乎全是五十岁以上的。还有一位男士，他不明白他为什么总是得到同性恋者的青睐，他十九岁那年还遭到了一个男人的袭击，他本人是一个对同性恋感到恶心的正常人。

意萍一眼就看中了二帕，后来她直截了当地告诉二帕，你虽然不漂亮，却有一种怪异的美，尤其是眼睛和嘴唇，悲哀、惊心动魄，十分高级，这种美不被一般人所发现，却能进入真正的艺术。

意萍坐在大厅的沙发上目不转睛地盯着二帕，她把二帕动作的僵硬和不谐调的东西统统看成是某种不可多得的既怪异又珍贵的东西，她把这种东西一再美化，在美化的过程中又不自觉地加进了二帕根本就没有的成分。

二帕逐个房间敲门分发材料袋,她对意萍说:明早上午七点半钟在六号餐厅吃早饭。二帕的声音低沉浑厚,有点像男人但比男人柔和,这正是意萍最最喜欢的那一类嗓音,她脱口而出地冲二帕说:太棒了!

二帕僵硬地立在那里,不知应对,过了搭话时机才迟钝地说:什么?是早上七点吃早饭很棒吗?

意萍充满魅力地微笑着,她从容地说道:等你忙完了到这里来聊天好吗?

二帕后来在回想与意萍的关系时,总觉得她们不是自然而然地成为好朋友的,意萍就像一支拉满弓的箭,这支箭充满意志和力量,它呼啸着,一路发出响声和光芒,它非要击中二帕的心脏,二帕碰到这支箭,无处逃遁,轰然倒地。

意萍对二帕一下就好到了极点,好得二帕不知所措,手忙脚乱。

二帕在一个冷漠的环境下长大,最怕别人对自己好,唯有别人对她淡淡的,她才感到自如,才能凛然而安详地过自己的日子。在二帕的大学时代,开始的时候有两位女同学对二帕特别关照,一位大她十岁,姓王,另一位大她五岁,姓伍,王的家在杭州,父母均是高干,伍的家在南京,父亲是高校里的教授。王和伍都经历过苦难的事情,但她们精神健全,心理成熟,总而言之,她们都是正常的人。正常的人需要友谊,王和伍一到大学的新环境便开始寻找朋友,她们不约而同地看中了二帕，二帕不爱说话，这保证了日后她不会泄露某些秘密，二帕来自僻远的小镇，她们在内心深处觉得高她一等，交往起来有某种优越感，二帕身上还带着一种古怪的灵气，这使她有一种区别于他人的魅力。

王对二帕的好，表现在常常送她一些小礼物，比如发卡，比如胸罩（王专门按照二帕胸围买的，王说用这种胸罩特别舒服），以及别致的圆珠笔，甚至衬衣。在第二个学期开学的时候，过完寒假的王给二帕带来了许多礼物，王怀着极大的兴奋把它们一一展示给二帕，二帕寒酸的床上顿时琳琅满目。二帕心里充满了不安和感激，这两种东西把她搞得昏头涨脑的，她不知怎样才能自然地不失体面地表现这种感激和不安，因为她从来没有得过别人的礼物。二帕为难地数着这些突如其来的礼物，她认真地数了两遍，然后抬起头来对王说：太多了，加起来都有十样了。王说：真的吗？我都不知道，逛商场的时候看到了一样好东西总是想这给二帕正好。王目光灼灼地看着二帕，二帕只干巴巴地说：我也用不了那么多，要不……

王一时觉得有点扫兴，说：二帕，算了，你拿着用吧。二帕本着一报还一报的朴素常识，也想到回送王一样礼物，但是直到大学毕业也没送成，二帕与生俱来没有这个习惯，她从来不送别人东西，这跟君子之交淡如水无关。

伍开始的时候喜欢找二帕散步，把自己的书借给二帕看，并且喜欢在排队买饭的时候让二帕插队。

那时二帕和伍同住一个宿舍，这里的宿舍很怪，拾山而建，一层在山脚，二三四层在山腰，五层在山顶，楼梯也不在房子里，而是像码头一样裸露在室外，又宽又长，沿坡而砌。有天早晨伍去打开水，开水房在一层，也就是在山脚，二帕她们的宿舍在五层，正好在山顶，每次打水都像负重爬山一样艰难。

　　二帕在平台上背英语单词，教材上的财经单词把二帕搞得心不在焉，她在平台上踱着步，漫无目的地朝山下张望，伍就是这时出现在台阶上的。伍提着四个暖水瓶，四团浓白的水汽在伍的腰间摇摇摆摆，伍像挑担上山似的一步一步上着台阶。

　　二帕在平台上，她在平台上像欣赏风景一样朝下看伍提开水。这时发生了一点事，伍在上到第三层台阶时忽然摔倒了，二帕在平台上看到伍的身体一斜，几团白气呼的一下从伍的脚边腾起，一只铁壳暖瓶嘣嘣嘣地沿着台阶滚下去。二帕着急地说了声哎呀，但她继续站在原地看着，就像伍是一个她所不认识的外系同学。

　　二帕看到伍从散尽的白气中站起，她脚下是一片亮晶晶的玻璃瓶胆碎片，她朝前后左右看了看，然后抬头又看了看平台，二帕正站在平台的边沿探着头，伍一眼就看到了她，伍喊道：二帕——二帕应着，却不知道该做什么和该说什么，她僵硬地站在平台上。

　　伍看了一地碎片，喘了口气，提着剩下的三个瓶壳上来，她对二帕说：二帕，你居然袖手旁观，不下来安慰安慰我，我提着四个暖水瓶。二帕紧张地嗫嚅着说：我也不知道，我本想下去的。

伍插过四年队，当过两年带队干部，做过三年工人，年纪不大却阅历颇深，成熟且宽容，甚至在指责二帕时也是用嗔笑的形式，这使二帕觉得，这一切并不是因为自己自私自利和冷漠，而完全是因为自己小，不懂事。

二帕当时已经二十岁了，很不小了，只是在奇形怪状的七七级里当了最小的，她们的班级在全校里是出了名的大龄班级，有七八个人是生了孩子才来上学的。

在这样一个成熟了的班级里，二帕失去了学会做人的机会，本来这正是一个绝好的时机，使二帕去尽生涩和别扭，变得柔软自然。在四年的时间里，只要二帕交上一个真正的朋友，这个朋友就可能成为二帕通往人群的一个通道，就如同在一个热闹的聚会中，如果你谁都不认识，你又不愿意和其中的一个交谈，因为你口笨舌拙，生怕露怯，你顾虑重重故作矜持，你只好渐渐成为一个怪物，与这个场合无关，使别人为难，使自己闷闷不乐。

二帕在班上就是这样，她既自卑又敏感，只好自己封闭起来，再度远离人群。

令人心疼的岁月飞逝而去，毕业的时候，二帕被分回她家乡所在的边远省份，王和伍到火车站送她，火车快开的时候，二帕意识到从此就很难看到她们了，她一下感到她们是如此珍贵，如此珍贵的东西却被自己不知不觉地错过了，二帕隔了窗口呜咽着对王和伍说：我再也见不着你们了。她说着这话，心里第一次感到疼痛，她们往日对她的点滴友情和善意，此刻汇成了汹涌的江河，她出声地哭了起来。车就开动了。

二帕要交一个朋友是多么困难，她在不为人知的岁月里孤独地长大，她一点也没意识到她至少需要一个朋友，在火车开动的时刻，她刚刚开始苏醒，契机闪电般地来临，又闪电般地消失了，它身后是列车隆隆的声音，正如闪电之后的雷声，震耳欲聋，惊天动地地释放着二帕心里的疼痛。

意萍后来说二帕是个问题儿童，这恰恰是个一针见血的断言。

让我们从头开始。

二帕在会议上忙着会务，还没来得及去意萍房间聊天就病倒了。病亦是契机，意萍泡在二帕的房间里，说是可以趁机不开会，到时候根据二帕发的材料就能写成消息。意萍对二帕说，让我来照顾你。她鼓励二帕喝大量的开水，喝完一杯再倒满，不停地敦促二帕赶快喝，说要喝到想吐的地步才能好，药倒不必吃，任何药都是一种潜在的毒物，二帕便不好意思不喝水，她在意萍的照顾下一杯接一杯地喝水，真的就喝到了想吐的地步。

二帕昏头涨脑地靠在床上，意萍回到自己房间拿了单放机和一盒带子给二帕，她说：这音乐很好听的，我十分喜欢，我想你也会喜欢的。她替二帕把耳塞塞进耳朵，然后微笑着看二帕，问：是不是很好听？二帕闭着眼睛，盲目地点着头。

这时意萍发现了二帕枕头底下没压好的杂志，她客气地问道我看看好吗？同时就把杂志抽了出来。

意萍看到杂志封面就笑了一下，这笑有点怪，二帕弄不清楚她到底是感兴趣还是不屑，二帕无端地就紧张了起来，她干脆生硬地说：我喜欢时装，以后我要搞设计的。她像赌气似的看看被子。

意萍却意外地说：我也喜欢。

她翻着手中的时装杂志，漫不经心地问：知道陈意玲吗？

二帕心慌意乱地说：怎么？

意萍说：我姐呗。

二帕一声不吭，一动不动，她不让意萍觉察地小心地舒着一口长气，好让自己松弛下来。

意萍说：我跟我姐长得一点都不像，我妈说我姐一生下来只看见一张大嘴，别的眼睛鼻子一概看不见，我妈倒是挺喜欢我姐的，说我姐聪明、懂事。

意萍说：我姐这个人，说她没才气也太刻薄了，但她绝不是什么人才，她就是刻苦，你要是对她感兴趣，哪天上我家就看到了。

意萍说：算了，别老说我姐，她就那点东西，太不能让人激动了，咱们找一个好一点的话题。意萍的大眼睛忽闪忽闪地流动，充满蛊惑地看着二帕，她突然来了灵感，眉毛一扬，神采飞扬地说出了一个名字：

夏帕瑞丽。

不知是意萍赋予了这个名字以光彩，还是这个名字照亮了意萍，抑或是互为辉映，二帕感到了这个名字的明亮与美艳，这份明亮与美艳从意萍的眼睛、脸庞、头发上涌动、散发，这使意萍通体透亮。

夏帕瑞丽夏帕瑞丽，二帕对这个名字一无所知，她既羡慕又心虚地望着意萍，就像她正是夏帕瑞丽本人，正披着神秘莫测的白纱，迈着某种二帕所不能企及又无法想象的步子，从某个不可知的远方来到这里。

意萍一改刚才议论她姐姐时的平淡语气，像打了吗啡似的兴奋起来，她急切地问二帕：夏帕瑞丽，你一定是知道的吧？

二帕喃喃地说：夏……帕瑞……丽。

意萍急不可耐地说：时装界非常天才的女人，意大利的超现实主义时装设计师，她的用色像野兽派画家，强烈、鲜艳，她最爱用一种娇嫩的粉红色，被誉为惊人的粉红色，她具有马蒂斯的风格，给平直、黑色的二十年代带来了活力。

二帕想起来问：她现在还活着吗？

意萍愣了一下，说：咱们先不管这个，你知道吗，夏帕瑞丽跟达里关系很密切，达里的名作，叫什么来着，好像是抽屉里的城市什么的，就是从夏帕瑞丽的时装上的古怪抽屉式口袋得到启示的，改天我给你找一点图片看看，帽子像高跟鞋，围巾搞得像蜻蜓，还有带红指甲的手套，我光说不行，你会觉得一点都不好看。

二帕越听越傻，她眼定定地盯着意萍的嘴唇，就像那里正藏着一件超现实主义的杰作，在这张嘴一张一合的瞬间，这件惊世的作品就会迈着婀娜的步子走出来。

意萍却又说起了另一个叫夏奈尔的女人，她的声音已经有些嘶哑了，她嘶哑着声音说：夏奈尔，夏奈尔更棒。意萍就像一个炫耀自己珍宝的女人，先拿出一件晃一晃，又赶紧收回，同时拿出另一件。她手上举着夏奈尔，用一种接近于朗诵的语调说：这是时装艺术家中为数不多的，能走完艺术生命全程，并永获成功的天才，她既美貌又浪漫，销魂蚀骨地迷住了整整一个时代，毕加索、斯特拉文斯基、海明威、雷诺阿、达里，都是她的好朋友。

意萍一口气收住，她默不作声地望着远处的夏奈尔，二帕默不作声地望着她，两人脸上是一色的神往。

这真是一个很好的切点，意萍一下就把二帕紧紧吸引住了，她正如一个流光溢彩的晶体圆球，一路发着声响朝二帕滚动而来，二帕躲闪不及，只有一头撞上去。

二帕因为喝了大量开水，感冒果然就好了，意萍拉着二帕大逛时装店，让二帕买了一条格子裙裤和一件又宽又长的黑长衫配在一起穿着，然后和二帕在宾馆的酒吧里坐到深夜。她们坐在最尽头的座位上，二帕喝一种绿色的酒，意萍则喝一种黑色的酒。两人面对面坐着，互相看对方在若明若暗的光线中五官时隐时现，有一种离奇、美妙同时又不太真实的感觉。意萍的眼睛迷蒙、神妙，像一种无法言说的宝石，她们长久地不说话，偶尔开口，声音也像是被这个环境所阻挡、所浸染，变得连自己都有些认不出来。

二帕听见意萍说：这里的情调真好，不过，得是咱俩在一起。意萍说，我姐特土，她没救了。二帕觉得这间奇怪的房子像是充满了某种相应的奇怪气体，这些气体穿透了意萍的声音，使正常的声音变成了气声，而这气声又包含了某种神秘，它们搅成了一团，在这若明若暗的酒吧间，在桌子底下，在含义不明名称古怪的酒里。

二帕无端地有些害怕。

会就散了。二帕收拾自己的东西，她疯玩了几天，脏衣服堆着一件都没洗，意萍赶过来说：别洗了别洗了，我一起带回家用洗衣机洗。二帕说：不行不行。意萍说：怎么不行。二帕说：算了。意萍说：别算。二帕说：多不好。意萍说：不就是几件衣服吗，咱俩这么好，这算什么？她义气地动手将脏衣服塞进一个大塑料袋里，二帕既为难又惶恐，被这生疏的侵略式的友谊搞得不知所措，她想说谢谢，同时又意识到不妥，于是咧着嘴傻站着。意萍便安慰她：你别愁眉苦脸像欠了我似的，我家新买了一台全自动洗衣机，这边倒下去，那边出来就是干净的了，你好好回去睡觉吧！

二帕在童年时代曾经有过一种古怪而强烈的预感，认定自己出生来到世上，是负有特殊使命的，她必将完成一项重要的事业，这使她漠视生活中的种种困苦，也使她漠视了一切亲情和一切诗意，她一边等待着冥冥之中的召唤，一边磨炼自己的意志，她坚持不懈地每天做两遍眼保健操（她坚定地认为眼睛是完成未来事业的最重要保证），每天长跑，把手伸进发烫的水里尽可能坚持住，还时常溜到后门，从两米多高的墙上往地上跳，以此锻炼胆量，她在看电影的时候，对解剖动物或给人动手术等诸如此类的血淋淋的镜头紧盯不舍，她强迫自己面对天性中不忍看的场面！比如，挤在人群中观看处决犯人。没有人这样训练她，一切都是自觉的。

这个阶段并不长，只停滞在二帕孩提时代的最初几个年头。二帕十二岁开始来月经，这个事件像晴天霹雳一样破坏了二帕神秘的使命感，她开始像那些女学生一样每月有几天一下课就鬼鬼祟祟地怀揣草纸往厕所跑，在上游泳课的时候无所事事地站在岸上，并且她发现自己的身体没那么轻捷了，她开始莫名地流泪和感伤，并且骤然变胆小了，一点动静就能吓一跳。总之，二帕发现自己被一种外在的力量无可挽回地改变了，她站在少女时代的门槛往大千世界张望，看到自己瘦小的身影在芸芸众生中既单薄又暗淡，这个发现把一种忧郁注进了二帕的体内，这忧郁与她孩提时代的古怪和坚硬缠绕在一起，使她脸上落落寡欢的神色越发根深蒂固。

整个中学时代，二帕像外星人一样从来不笑，在初中第一学期，学校要开晚会，每班出一个节目，二帕的班级排了一个舞叫《喜摘丰收棉》，这是一个八人的群舞，二帕因为个子适中，也被选了进来。她在中学时代并不像后来那样缺乏自信、动作生硬，她很快就学会了摘棉花的舞蹈动作，并且与生俱来地带了一种力度。在节目即将成熟的时候，班主任来督阵了，班主任不注重动作是否整齐划一这些外部细节，而是看是否传导了欢乐的丰收气氛，不但只是传导，还要洋溢、溢满，这才是真正重要的。

就要求大家脸上挂着欢乐的笑容，开始时几乎都不适应，一笑就忘了手脚如何动作，班主任严肃认真，一遍又一遍，终于差强人意了，这才发现二帕在这个舞蹈中极不谐调，她自始至终没有一丝笑容，不但没有笑容，竟还带着某种悲壮，丝毫不像是喜摘丰收棉，倒像是备战备荒为人民。班主任耐心开导，同学们反复示范，均没有用。严肃的班主任为了避免政治上的误会，临时决定将八人舞改为七人舞。

从此二帕没有了练习机会，动作日益生硬，脸上总是悲壮。

二帕脸上的毫无表情使意萍总是捉摸不透，因此随着意萍的情绪变化，二帕的这种毫无表情得到了各种不同的解释：诡秘、深不可测、坚忍、感情冷漠、精神贫乏。这些解释是如此矛盾，意萍在这片矛盾丛生的谷地中绕来绕去，搞得昏头涨脑。

意萍喜欢写信，在和二帕分手的当天晚上就给二帕写了一封信，信中用词之抒情，是面对面讲话时说不出来的，即使不对着面，在电话里也是不太好意思说出来的，但是并不肉麻，也不像男女之间的情书，可见写信的人真是一个既聪明又有诗意的女孩。

意萍的家和单位离二帕都不远，意萍情意绵绵地给二帕写信，希望也收到一封同样的信。她星期一寄出一封，星期二又寄出一封，到了星期四还没有收到二帕的信，于是意萍又寄了一封短信问二帕收没收到她的信，信中说，这是一封重要的信。最后到了星期六，意萍才盼到了二帕的信，这封信只有一页纸，十分平淡无味，对意萍的抒情没有半点呼应，文字甚至有点干巴巴的，令意萍大为失望，失望之中又有点生气。

意萍对二帕说：我再也不给你写信了，你看你给我写的什么信，这叫信吗？

二帕就十分惭愧，她试图解释说，这已经是她写得最好的信了，她给母亲写信比这还短得多，完全是电报式的，她从小性情孤僻，有轻微的自闭症，无法与人交流，难得有一个朋友。

意萍不由得感动起来，她对二帕说：你属于那种叫问题儿童的孩子，小时候家庭残缺生活不正常，跟这种类型的人打交道困难极了。二帕听得有些绝望，意萍却又说：我也算问题儿童，父母是近亲，表兄妹，我有个弟弟是白痴，以前家里气氛一直不好，弟弟十八岁的时候死了，我的工作也算满意，这才开朗起来。

两人便开始了一番痛说革命家史，意萍说她小时候被送到外婆家寄养，吃不饱穿不暖还要上山打柴。二帕说八岁就开始干活挣钱，剥过桂圆肉，洗过化肥袋，挑过煤，锤过石子，还运过木头。二帕的苦大仇深像滔天的洪水淹没了意萍的小小不幸，意萍两眼噙着泪水说：二帕，你说得我真心疼，这太不公平，我真愿意替你。

二帕一冲动又说：我还经历过你难以想象的摧残，我……二帕有些说不下去了，过去的幽暗岁月不为人知地静卧已久，现在就像骤然地被掀开了一角，继父嗞嗞作响的口哨声直逼二帕的耳膜，使二帕心惊胆战。

意萍靠近二帕，她握着二帕的手说：什么事情都过去了，过去的事情都是没有的，现在已经不存在了，你别难过。二帕两眼直直地说：你是永远也不会知道的，我这辈子不可能有什么好日子，我反正不抱任何希望。

意萍说：我也一样，其实我心里并不快活，常常悲观绝望，我们都是一样的。二帕被意萍安慰得平静了下来，一种温暖、柔软、舒缓的东西开始在空气中流动着，外面天已经黑了，两人对坐着没有开灯，她们在黑暗中默不作声，一动不动，仿佛这是一个幻境，只要一动就会破坏殆尽。

二帕想把自己的一个时装系列拿到时装节展示，意萍就说：我先带你认识认识我姐，这事她最清楚。又说，不过我姐跟生人不怎么爱说话,我替你问算了。

二帕便说:见不见你姐无所谓。

意萍说:就是,以后你准能超过我姐,别弄得现在就把她当老前辈似的。

二帕却无端地叹了口气,有点怅然若失。

意萍就说:也是,她毕竟在圈里挺熟,咱们还是得利用她,干脆,你现在就到我家去,看她帮不帮忙,我本来挺不愿意求她的。

二帕犹豫着支吾两声没说话。

意萍却急了,说:我都豁出去了,你就别再犹豫了,到底去不去?

二帕心一横就说:不去,我不想利用朋友。

意萍在松了一口气的同时却觉得不痛快,她闷闷地说:你这人真别扭,真没劲!意萍很想发狠跟二帕吵上一架以去心头的无明之火,二帕却情绪低落闷坐着一声不吭,惹得意萍埋怨说:我真拿你没办法,我怎么这么倒霉,我拉你一把,拉了个空,打你一拳,也打了个空,总是对不上碰不着。

意萍这段日子百无聊赖,谈了一次不合心意的恋爱,从此对男人抱着天大的偏见,认为天下的男人没有配得上自己的,却又满腔的感情没处着落,觉得此生此世,须得爱上一个人才能有所交代,她既要爱上一个人,又觉得这世上无人可爱,只得勉为其难地在这两难之中艰难地跋涉,既浪漫又悲苦,旧的朋友离散了

（什么原因？），看腻了，现在只一个二帕，她决意不计较二帕，只把她当成问题儿童看待。

于是仍和二帕好。

好的方式是常打电话，有时意萍上午说要绝交，并声称已把电话号码撕了，下午又来了电话，说有一场好电影。二帕处变不惊，一听要绝交就赶紧挂电话，一听说有电影就赶紧骑上自行车去看。

虽然日子不得安宁，倒也热热闹闹，心有所倚，互相觉得有一个朋友是多么的好。

在相当长的一段时间里，二帕不知道有老律这个人，老律是艺术学院工艺美术系的讲师，四十多岁，和老婆长期分居。有次二帕回家过年，老律老婆托二帕给老律带几个粽子去，二帕就认识了老律。

老律是二帕事业上的第一道亮光，二帕正在昏天黑地地自我奋斗，却从天上掉下来一个老律，老律告诉她关于色彩、构图、线条、明暗、流派、主义，这使二帕大开眼界大受感动。老律对二帕主要是一种同乡式的热情，男人的卖弄和居心叵测躲得远远的，连他自己都没有觉察，二帕却疑神疑鬼，在和老律的交往中等待着某件事情的出现。

二帕认定，这件事必然会到来，她决定把自己交给这件事，必须有一件事，也就是这件事，这是唯一的一件事，把她和老律紧紧系在一起，让老律对她负责任，这是一个最最传统毫无诗意的念头，二帕一不经意就落入了传统的窠臼。二帕怀着为事业牺牲一切的决心，一次次地到艺术学院大院尽头的那排平房去，这平房灰暗、老旧、低矮，房前有一棵孤零零的玉兰树，树底下是一片青苔。二帕越过青苔一次次地去找老律，悲壮而坚定。

事情始终没有发生，二帕松弛了下来。松弛下来的二帕思前想后，对这事忽然没有了信心，她开始担心老律要对她没有兴趣了，这个担心像一个严峻的事实立即竖在了二帕的眼前，使二帕顿时觉得暗无天日。

二帕无端认定，只有老律能帮她，她在时装界没有一个熟人，两眼一抹黑，她没有圈子没有朋友没有协会只有一个老律，因此她绝不可能把老律放走。二帕在房间里枯坐着，十分羡慕那些风流风骚风韵十足的漂亮女人，心里琢磨着她们到底用了什么手段把男人整得服服帖帖说一不二的。

二帕不漂亮也不会卖弄风情，但却有着强大的意志力。她在那个发了疯的黄昏冒着小雨去找老律，她骑着自行车穿过七·一广场，她的风衣被风掀起，雨丝扑在她的头上脸上，她冰凉地蹬着车，心里想到了一句古诗：风萧萧兮易水寒，壮士一去兮不复还。

壮士二帕就这样来到老律的门口。老律本来晚饭后要出去散散步，逛逛门口的书店，天却昏暗着下起了雨，老律只好闷在屋里胡乱翻书，专翻那人体摄影人体油画册，女性的人体毕竟是很解闷的。

老律听见门响了两下就被果断地推开了，他没来得及收起那些画册，一回头就看到了湿漉漉的二帕。二帕脱去了风衣，她胸前的衣服湿湿地贴在身上，身体的轮廓在单薄的衣服底下柔软地凸现，与画里的裸体有些暗合，这使老律心里为之一动。

这是十一月份，在亚热带城市，十一月份是夏秋之交的月份，一场雨正是两个季节的交点，二帕从夏天一脚走进了秋天，她穿着单薄的裙子，毫无准备地冷得发抖，她孤立无援地坐在老律的床上，软弱地说：我冷，冷得很。老律说：我把电炉插上就好了。二帕有点失望，二帕觉得老律应该暖暖她的手，或更进一步，让她把衣服脱下来烤烤，而老律却只是把电炉插上。二帕又委屈又难过，鼻子一酸就抽泣起来，她边哭边解上衣的扣子说：我的衣服都湿了你也不管。

那件事终于就发生了。二帕躺在老律的床上，她双目紧闭，四肢冰凉，她感到老律滚烫的身体触碰到她冰凉的身上发出吱吱的声音，这滚烫一再撞击碾轧她，而她却像一块生铁，不被融化，不为所动，她默不作声地忍受着这重量和疼痛，心里充满了神圣之感。

事情过去之后老律把二帕抱在怀里用被子裹着她，好半天还是没有把她暖过来。这时他听见二帕用沙哑的声音说：老律，你要给我的时装写评论文章，写一组。过了一会儿，二帕又说：老律,你要记住。

雨一直在下,电又停了,小屋里一片冰凉,潮湿的夜气浓重难耐。

有一天意萍到艺术学院参加一个新闻发布会,是音乐系或美术系的什么事,会后在教工食堂进便餐,摆了两桌,用一只很窄的屏风象征性地隔着,把来来去去的打饭的人看了个尽收眼底,有个四十岁上下的男人拿着一大一小两个饭缸来打饭,不知怎么引得大家很注意。意萍看这男人,也算不上风流倜傥,理着时兴的板寸头,穿了一件红毛衣,颜色有点旧,男人肤色比较白,整张脸奇怪地分成两部分,下半截光滑,没有皱纹,显得年轻,上半截尤其是眼睛周围却全是皱纹,苍老得可以。意萍的座位正好对着打饭的窗口,她看到那男人打了一多一少两份饭菜,然后大着步子走出饭堂,似乎慢了就会有麻烦的样子。

意萍在这个瞬间忽然想起了二帕,她觉得有点不对头,她闪电般地想起二帕确实说过她在艺术学院有一个熟人(?),二帕躲躲闪闪的诡秘神色使意萍确信,二帕正在与一个男人相好(就是这人?),二帕竟然瞒过了她,二帕对友谊竟是这样不忠实,二帕对她竟是这样隔心隔肺,她的一番心血算是白费了。意萍越想越气,越想心越冷,她憋着气冷着心听见同桌的人问:老律到底离婚没有?

意萍回到报社,越想越不对,就给二帕挂电话,二帕办公室的人说，二帕请病假了。意萍就又赶到二帕宿舍，宿舍也没有人。

隔天意萍见了二帕，看见二帕脸黄黄的，很是无精打采，意萍怀了一点小小的恶意胡乱想道，出事了，出事了活该。出事这个想法给意萍带来了某种刺激，她一心要证实这件事，要证实这件事的心气胜过对二帕的恻隐之心，她不顾一切地说：二帕，昨天我到艺术学院去了。

二帕不做声。

意萍又说：我看见老律了。

二帕看看她，"哦"了一声。

意萍按捺不住，径直问道：二帕你告诉我，到底怎么回事？

二帕固执地不开口。

意萍就说：二帕，真有你这样做朋友的，我怎么就碰上你。

二帕僵持了一会儿，说：意萍，我累，我想睡觉。

意萍既无奈又不甘心，说：你睡吧，想睡多久就睡多久，不过有一句话，我想说出来，说完我就走。

二帕说：你说。

意萍顿了一下，说，有些事情，很不值得。见二帕仍木着脸，不为所动的样子，意萍索性说道：二帕，作为一个女人，不要把自己不当回事，有些事情，真的是不值得。

二帕脸朝里躺着，她闭着眼睛，泪水从眼角流下来，她咬着牙，使劲压抑着不让自己发出抽泣的声音。好一会儿，二帕说：

值得不值得，都是我自己的事，你不用管我。

意萍走后二帕爬起来站到窗口跟前，她看到意萍的身影很快就消失在七·一大道的暮色中，秋风如水，凉浸浸地一直从路旁的树木漫到二帕的窗口，漫到二帕的身上。

二帕想，意萍从此不会再来了。二帕走到镜子跟前，在白日的余光中看到自己伶仃的身影立在镜子里，一股凄凉的气息从那里散发出来。

二帕惊恐地发现，这个月的月经已经过期十几天了，她每天起床的第一件事就是观察自己的内裤，她绝望地发现，内裤上连一丝血丝都没有，紧接着，明显的妊娠反应铺天盖地而来，头晕嗜睡厌食呕吐全身无力脸色不好，全都有了。

二帕在这个城市没有亲人朋友，凡事无论大小一概自己拿主意，出了事自己负责，学会了在重要关头临危不惧。二帕虽然被不祥的预感笼罩着，她全身的力量却同时被调动起来，头两天她咬着牙强迫自己尽可能地吃饭，下了班就冒着雨跑到书店，在医药卫生类图书里没命地乱翻，最后她找到了一本《妇女卫生常识问答》，上面有一问"怎样知道自己怀孕了"。接着二帕又去医院做了化验。

这才去找老律。

二帕说：我怀孕了。老律皱着眉头看二帕，二帕说，这是真的。老律说：怎么办？二帕说：你说怎么办？老律说：我不知道。

二帕说：那你再想想。说完二帕就在老律的书架上翻书，翻了一会儿，老律仍没有想出主意，二帕就说：老律，你真的什么办法都没有吗？老律说：我能有什么办法，要不我给你一点钱，这是我唯一能做到的。二帕把书往地上一摔，说：我不要钱。老律说：那你要我怎么样？二帕说：我要你伺候我十五天。老律说：我后天就要带学生下乡了。二帕说：那好，那你明天陪我去医院。老律问：去哪个医院？二帕说：你到底去不去？老律说：去去，不去哪还像人。

二帕在床上坐下，喝了一口水，见老律心事重重，就又说：老律，你不能离婚吗？老律不做声，低着头看自己的指甲。二帕说：我知道你离不成，怎么离得成呢？老律顺着二帕的话说，这事不是那么容易的。二帕沉默了一会儿，说：女人要打掉自己的第一个孩子，你以为就容易吗？老律垂着头，只见外面的玉兰树叶在秋风中飒飒有声，他把两手团在一起，说：二帕，我会对你好的，我会尽我所能去帮助你。

手术的事二帕托了一位女同乡，女同乡信誓旦旦地说，要为二帕保密，又设身处地地安慰说这种事不算什么，谁都可能挨上次把。但事情没过几天，二帕却接到了在县政府工作的舅舅打到收发室的长途电话，让她一定要严肃对待生活，不要做那一失足成千古恨的事。二帕在收发室里气得头昏眼花，收发室的老头却塞给她一封信，是报社副刊的一个熟人寄来的，说她的时装照片因近期版面太挤没有上成望谅解，口气冷淡。二帕想不清楚这事的前因后果来龙去脉，只无端认定与此事有关。二帕只觉得天昏地暗，收发室的老头对她说了句什么，她没听清，只胡乱应着就跟跄而逃。

同事陆续来看二帕，表示了或真或假的关心，有位同事好心告诉她，有人怀疑她的肾炎病假条是假的，建议单位派人去查实，二帕一听心跳骤快，同事看了看她的脸色，再次好心地告诉她，多数人认为是真的，大家都很同情二帕，主张去查的人自讨了一番没趣。二帕一时说不出话来，她本能地拼命深呼吸，想把胸中夺路而出的抽泣强压下去。

女同事一走，二帕就忍不住大哭起来，她想这下子完了，她的命运已经被注定了，所有的人都知道了这件事，所有的人都会认为二帕是个坏女人，即使成功了也没有什么意思，生活真是一个陷阱，一不小心就让人掉下去。二帕反反复复地想，她已经走到了绝境，再也不会有出路了，真不如死了好，二帕想，她一辈子从来没有过过好日子，从小吃不饱穿不暖，没有一点点欢乐，她既没有朋友也没有亲人（她的亲人从来没有真正在她的心里成为过她的亲人），她甚至也没有家乡，她孤苦伶仃一个人受尽煎熬。

所有悲惨的词像潮水一样涌到了二帕的心里，这潮水将她推着、撞着，她的头顶、四肢、头发、指甲、皮肤统统都感到了这种推撞，这可恶的潮水既阴冷又灼热，从她的身体奔涌到床上，扩充到整个房间，二帕觉得她快要晕过去了。

二帕躺在床上，要晕过去的念头像一群安静的绵羊一头一头锲而不舍地朝二帕走来，二帕感到她就像一个宽广的羊圈，绵羊一头一头地朝她梦里走来。

二帕整整睡了三天，第四天是个美丽的晴天，秋高气爽，空气清新，太阳像国外彩色宽银幕电影那样美好透彻，二帕起床吃了点面条，身上恢复了力气，她边梳头边想，反正她已经死过一次了，她还有什么可在乎的，不如干脆放开，该吃吃，该玩玩，什么都不想，去他妈的品行不端。于是二帕洗了脸就上街，下了一次馆子，买了衣服和化妆品，还看了一部情节惊险的外国警匪片，十分过瘾，回来的时候路过菜市，二帕想起自己最喜欢吃鱼，却从来不曾买来做过，她顿悟了似的直扑活鱼摊子，价也不问就买了一条。

从此二帕每天上午睡懒觉，下午就出门买鱼，她很有兴致地杀鱼剖腹，把鳃掏净，把胆翻出来，然后放上葱姜酱油料酒，再用电炉慢慢蒸着。二帕坐在电炉旁边，看见白色的蒸气慢慢地从锅盖的缝隙中出来，淡淡的轻轻的，在空气中一一展开着，十分的好看。锅里开始噗噗地响，二帕便愉快地看表，她看到蒸气越来越浓，越来越白，浓重的白色气团像白色的大花在钢精锅的上方美丽地绽开，一朵又一朵，二帕感动地望着它们，闻到了清蒸鱼的香味，这香味诱人地弥漫开来，二帕耐心地守着这香味。最后，等够了时间，二帕把锅盖一揭，满锅的蒸气携带着辉煌的鱼香热烈地扑向二帕。

二帕吃了一个多星期的鱼，脸上圆圆的，并有了气色，她又试着化妆，把才买来的化妆品一一开封，小心地在自己脸上试着，一样又一样，她从镜子里反复观察自己的脸，琢磨着如何扬长避短。

一个月的肾炎病假休完，二帕化了点淡妆去上班，同事一见，都说她这一病倒像换了个人似的，变得光彩、漂亮、有味。二帕自我感觉良好地上班下班，注意到一些男同事的目光有点深深的，不像从前那样既平又浅。二帕下班回到宿舍，长久地站在镜子跟前，她喜欢在黄昏的时候照镜子，黄昏的时候光线没有了白日的强悍，没办法长驱直入，二帕的房间半明半暗，二帕站在房间的当中，黄昏的淡光从窗口照到二帕的半边脸上，二帕从镜子里看到自己的脸充满层次，富有质感，在这些层次和质感中二帕看到一种由于深受创伤而获得的美感在闪动、凝固，二帕不知不觉地美化着自己，她沉浸在自恋之中，一次又一次地感到了自己的魅力。

二帕决心重新开始。

在这段时间里，二帕认真读了几本书，每天夜里东拾掇西拾掇，竟也弄出几套很不错的作品，靠了老律的帮忙，找到艺术学院舞蹈班的一个女学员，像模像样曲线很好地穿着拍了照片，寄到晚报和日报的副刊，人家正准备找些好照片活跃版面，二帕的作品在备用的照片中很有几分醒目地照着编辑的眼睛，于是很快就登了出来，二帕信心大增，她噔噔噔地上班，又噔噔噔地下班，把兴奋压在心里又浮在脸上。

老律牢记着自己对二帕的责任，很快就写了两篇千字文登在晚报上，这样二帕在本市时装界算是崭露头角了，有一次外省来了一台时装表演，主办单位一个仅见过一面的熟人给二帕寄了一张票，二帕怀着新秀的自我感觉去看表演，有人给她介绍了陈意玲，陈意玲矜持地朝二帕点了点头，笑笑说，你的时装我在晚报上看到了，便不再说什么，因此虽互相认识了，彼此仍然是陌生。

二帕一心期待的热烈交流的场面没有出现，她在人群中备感孤独，她深深意识到人家根本没拿她当回事，扬眉吐气的时刻远没有来到，二帕想，假如她是夏奈尔或者夏帕瑞丽，难道也会遭此冷遇吗？

二帕日思夜想，计划着一个一鸣惊人的大动作。

就是在这时，二帕重新遇见了意萍。

有一天二帕到最大的那家新华书店买书，在时装类书架前意外地看到了意萍。二帕最先看到的是意萍的皮鞋，那是一双十分时髦前所未见难以设想的皮鞋，既像是新的又像已经穿过了许多年仍然保有优秀的品质，这双鞋一下就抓住了二帕，她不禁要看一眼这背影同样好看的女孩，女孩却像有感应似的一下转过头，使二帕猝不及防。

二帕定眼一看，这才认出意萍来。

意萍说：二帕。

二帕说：你。

意萍说：你一进大门我就看到你了，我想你肯定是要来这里的。二帕看着意萍，往日的什么东西在意萍的脸上晃动着，二帕看着她，脉脉的温情在两人之间升起，她们感到了这点，这使她们克制着这种感动，她们垂下眼睛，一时不知说什么。

意萍说：二帕，你现在身体好些了。

二帕说：好些了。

意萍说：我一直想去看你，又一直没去。

二帕说：我也想你来。

意萍抬起眼睛看了二帕说：二帕，你现在比以前漂亮了，你化妆了吗？

二帕正想着意萍是否已经知道了她那件事情，一听这话马上漂亮起来地说：也就化了一点。她同时扫了意萍几眼说：意萍，你真会打扮，简直是天衣无缝。

意萍一点也不掩饰地得意着。两人互相欣赏，消除了芥蒂，友谊重返往日。

意萍这时又经历了一次恋爱，这次恋爱失却了从前的那种一往情深的柔情，既不热烈也不迷狂，就像空气浮在身外，虽然触碰到皮肤，却是没有痛痒，进不了心里。对方是一个身材修长面貌清秀在人前一站很有样子的男孩，比意萍小一岁，意萍嫌他的名字不好听，给取了外号叫碰碰，含义不详。

碰碰虽然样子尚可，却是地道从农村考上大学然后拼命用功再然后幸运地留在了城里的农村人，他一不经意或者一经意就会露出农村的马脚来，意萍对此极感窝囊。但意萍又无数次地想过，碰碰虽然土一点，却是忠厚老实诚心诚意爱她的啊。碰碰老实，碰碰年轻，碰碰身高一米八〇，碰碰的职业体体面面，碰碰只爱她意萍一个人。有了这么多好处，土一点实在不算什么，有了这老实和爱的保障，意萍感到了大大的安全，这安全像一张又厚又大又结实的棉垫，死心塌地地停在意萍的身下，意萍朝未来的日子一探头，看到疾病、衰老以及某些尚未看清、必定来到的致命危险把她独自一人抓到冰凉的空中，意萍害怕得要命，只有想到碰碰，意萍才心神稍定。意萍时时刻刻提醒自己，她马上就三十岁了，三十岁了，三十岁了，她必须在三十岁到来之前结婚，好像结婚就可以挡住三十岁。

意萍经历了几次各异的恋爱，现在她累了，她想试试结婚，试试安静下来，她理智地跟碰碰谈恋爱，按部就班地和碰碰约会。看电影、散步、郊游，意萍觉得这一切庸俗极了，无聊极了，没意思极了，这场恋爱变成了一块鸡肋，食之无肉，弃之可惜。意萍在这次没有多少欢愉的恋爱中走到了结婚的边缘。

意萍就是在这时再次见到二帕的。

两人在书店里站着说了许多话，又各人买了同样的几本书，一个人一说这本不错，另一个马上抽出同样的一本，边翻边说，真是不错，两人互相影响，火上浇油，一时间彼此觉得对方与自己是多么情投意合。这种情投意合是多么的贴心贴肝，两人眼睛放光，脸上焕发出光彩，从书店出来，两人不约而同地看到了一家新开的门面干净雅致的馆子，她们心情愉快地走进去，要了酒菜，十分豪气地吃将起来，就像真正的男人在结拜真正的兄弟。她们在抢着付钱之后从馆子里出来，心里感到了前所未有的痛快。

意萍说：二帕，咱俩要有一个是男的就好了。

二帕说：就是。

意萍说：这样咱俩就不用另外再谈恋爱了。

二帕说：就成两口子了。

两人一齐大笑，笑声在暮色的掩护下十分放肆。笑完之后就真心地神往起来，谁也不再说话，似乎一出声就会将这美好的希望打碎。

两个三十岁的大女孩默默地骑着车穿过宽阔安静的七·一广场，她们并着肩，感到了最珍贵的东西就在她们心里。她们的心里满满的，脚下轻盈如飞，下坡的时候风将她们的衣服鼓荡，将她们的头发高高扬起，浓黑的树影无声地从她们的身边飞快地滑过，气流摩擦着她们的耳朵，发出奇妙的哨声。

两人不觉就到了二帕的宿舍，月光出奇的亮，没有遮拦地一直照到二帕的床上，二帕没有开灯。意萍在半明半暗的光线中看到了二帕的脸有一种不可思议的美，她深陷的眼睛里有一种忧伤的预示着悲剧的东西深深吸引着意萍,意萍无声地看着她,良久,她忽然心一动,某种声音自远而近从她的头顶贯注到她的身体,她恍然地看着二帕,心里涌动着一种强烈的想要拥抱她的欲望。

意萍哑着声音说,二帕……

二帕望望意萍,她看到意萍的眼睛亮亮地看着自己,在月光下既美又狰狞,她无端地害怕起来。

她听见一个不像是意萍的声音说:二帕,女人比男人有味道得多。

意萍又说:我现在明白了,我其实是喜欢女人的人。

二帕迟疑地说:是……那种喜欢吗?……二帕吸了一口气,及时地将那三个要命的字吞了回去。

意萍因了这种吞吞吐吐的点破,竟坦荡了起来,她语气松弛地说:二帕你不要那样想,女人之间一定能有一种非常非常好的友谊,像爱情一样,真的,二帕你不相信吗?

二帕说:我害怕。

意萍有些失望:二帕,你真是的!你缺乏内心的力量,不敢冒险,有什么可害怕的呢?

两人一时都没有说话,月光已从床上移到了窗边,房间里暗了下来,两人的脸被隐没在一种柔和的黑暗中。

忽然二帕说:意萍,你知道我为什么害怕?

意萍从二帕的声音中似乎感到了什么,她紧张地轻声问:为什么？这声音轻得像是没有出处，它来自天上，来自一个远不可知的地方，它把某种隐秘的事物拉出来悬挂在这间房子中月光和黑暗的边缘。

二帕盯着黑暗说：我害怕是因为我天生就是那种人，我从来就没有真正爱过男人，没有真正从他们那里得到过快乐，我不知道怎么办，我绝望极了。

二帕盯着黑暗说：可我不愿意强化这些，我不想病态，我想健康一点。

意萍说：二帕，你想到哪里去了，我们不是那样，我们只是要一种比友谊更深刻的东西。我常想，我活在世界上什么是我最想要的呢，就是爱一个人，这个人不管是男是女，只要彼此能激发出深情，二帕，只要有了这个，我什么都敢做，什么都不怕。二帕，现在我才真正明白自己，我一点都不爱碰碰，我根本不在乎他，可是我在乎你，你知道你多让我动心，你是一个非常特别的女人，只有我才能欣赏你，你知道吗？

二帕在黑暗中低着头，她的脸有点发烫，意萍的激情使她深感到了惭愧，她喃喃地说：意萍，你才是真正精彩的女人呢！

二帕创作了一个以棕榈叶材料为主体的时装系列，她准备搞一次时装展示，将棕榈系列作为压轴戏，她深深沉浸其中，以至在上班的时候面对着办公室仍然一再看到心爱的棕榈们被流光溢彩的灯光与舞台所照耀所簇拥，这使她差错越出越大，次数越来越多，同事和上司的脸便越来越不好看。

二帕决定调工作，她的目标是市服装研究所，二帕深知自己在市里是如何的毫无根底，要搞调动是如何的难于上青天。她想她一点关系也没有，一点后门也走不通，谁也帮不了她（意萍从她眼前一闪而过，她想她绝不能利用这个），她没有任何别的办法，她只有靠自己的实力，假如她二帕在时装界能够响当当，能够别具光彩，能够有拿得出手的东西，她就敢面无惧色地到处自荐。

实力就是作品，作品只有展示才能让人知道，二帕准备拼了命也要把展示会搞成。

有天下午五点多钟的时候，意萍来找二帕一起吃饭看演出，正撞上二帕化了妆要出去，二帕对意萍说有事，却没说什么事，意萍脸色立刻就有点暗，二帕便只好说她的展示会要拉赞助出场租，这是要去跟企业的人吃饭谈事。意萍听得心里很不舒服，见二帕一副横了心肠的样子，只好闷了一肚子邪火走了。

意萍在家越坐心里越不舒服，到了十点，一咬牙，不管不顾地一口气跑到了银行宿舍，二帕却还没有回来，意萍就骑着车在七·一广场来回走。

意萍慢慢地骑着车，月亮浮在天边，又大又扁，给意萍一种异样的感觉，凉风从广场的尽头吹过来，意萍迎着凉风骑过去，她心头的邪火慢慢地消失，变作了一种悲凉和虚空，广场在夜晚的黑暗中益发空旷深远，这空旷深远使意萍备感孤独。

意萍想咬咬牙不理二帕算了,二帕却给意萍来了一封信,信中描绘了一个梦,二帕在梦中看见意萍赤身裸体地躺在一张巨大的冰床上,冰床的四周围着一圈透明的火焰,二帕想去救意萍,却怎么也越不过那道火,二帕急得大哭,一哭就哭醒了。

这个梦的诗意与深情深深地打动了意萍,她找到二帕,看到二帕眼眶周围一圈青晕。下巴还鼓起一个小包,人是瘦了一圈,只有眼睛还是亮闪闪的。

意萍说:二帕,你有什么事,一定要对我说。

二帕说:我不想利用你对我的好。

意萍说:这叫什么利用!只是我不明白你为什么要这样做。

二帕冷笑说:你自然是不明白的,你怎么会明白呢!二帕心想你不过是投胎投得比我好,你天生就有的东西我要拼了命才能得到,得到了还要受到指责,这是多么多么的不公平,你自然不明白,我不急我就得一辈子坐在银行里替别人数钱。二帕想,一个人要想不认命要付出多大的代价啊!二帕越想越是悲从中来,她已经找了三个厂家,三个厂家都是广告费超过五十万的,她的赞助却就是得不到,二帕又找到了第四家,这回她终于看明白了,她明明白白地看到,她只有把自己拿出去她才能得到这笔钱。

二帕越想越伤心,不禁痛哭起来。

她的肩膀又瘦又尖,在意萍面前毫无遮拦地抽搐着,意萍心疼地看着二帕。良久,意萍说:二帕,我懂你。

二帕心里感动着，一时抽得更厉害。意萍又说：二帕，只要是你做的事，我全都接受，不管你是杀人，还是放火，只要杀的不是我，烧的不是我，就全是对的。

一句话把二帕说得安静了下来。

意萍便问：展示会，要花多少钱？

二帕暗着嗓子说：模特不算，让老律想办法，光场租和打点新闻界，最少五千，这还算是优惠的呢！

意萍说：我有两千块钱，全都算上，其余的我找朋友帮忙。

二帕说：我不要你的钱。

意萍说：二帕，你知道我多想帮你，我乐意。

我反正不能要你的钱。二帕固执地说。

意萍觉得无趣，说：你怎么这么别扭。

二帕说：我这事，先自己想想办法，若不成，就还按你说的。又说：意萍，你知道我多不想让你操心我的事。

意萍听到这话，心里一热，当即表示，二帕的忙她是帮定了，她去跟部头打交道，死活也要为二帕争到半个版，她来写一个专访，配一张二帕的照片。意萍斩钉截铁地说：我就不信，有我做不到的事情。

二帕听得入神，一时只满眼感激地望着自己的双手，她不敢正视意萍，生怕一抬头，意萍的慷慨就像大山一般轰隆隆地压过来，让她喘不过气。

少顷，二帕想起了意萍平日里说这部头好色、小气一类不屑

125

的话，便说：要是太难就算了。

不想意萍却说：我用什么办法你别管，反正到时就给你半个版。脸上是一色的悲壮。

二帕怦然心动。

事情磕磕巴巴地进展着，从六月到十一月，二帕经历了无数次挫折、希望、失望、绝望，又从绝望中诞生，正当二帕感到快要撑不住的时候，展示会才筹备得差不多了。

意萍却遇到了新的烦恼，问题出在碰碰。

碰碰的单位是个清水衙门，不像二帕的银行那么阔气，单身汉是绝无可能分上一间房子的。碰碰与人同住一室，同屋与女朋友热恋三个月，准备元旦结婚，单位一时分不出房，把同屋急得火烧眉毛，便唆使碰碰趁早结婚，同屋说：碰碰你不赶快结婚，豆芽菜都凉了。同屋又说：碰碰你还不赶快结婚，我的儿子就要躺到你床上撒尿了。同屋还满腔同情地望着碰碰说：碰碰，你要坚强一点。同情得碰碰满脸狐疑，同屋才说：这么久没有动静，会不会……

碰碰便去找意萍。

碰碰去之前，特意去一家广州发廊理了一个最时髦的发型，他顶着一头香喷喷的时髦头发来见意萍。意萍看了一眼却说：头发这东西也是奇怪，别人理了全像几分万梓良，碰碰你怎么弄也不行，真没劲。说得碰碰无话。碰碰闷坐半日，意萍也不理他，桌上摆了一堆五颜六色的水彩笔，碰碰看到意萍忙着在一些白纸片上画上彩色图案，碰碰斜着眼看见意萍在那上面写了一个又一个他不认识的名字，在这些名字之下意萍又写了一些或随意或深情或调侃的句子，旁边是十好几个写好了姓名地址的信封，碰碰把这些名字中所有看不出明显性别的统统想象成了强大的情敌，他们像铁丝网牢牢地围在意萍身边，使碰碰一筹莫展。

　　碰碰想，他这样不明不白地耗着，意萍明明白白地告诉过他，他们是要结婚的，半年前就说过了这个话，有了这个话碰碰就放心了，她让碰碰暂时不来碰碰就暂时不来，她说她忙碰碰就让她忙她的，碰碰心里满满地装着意萍，意萍的话就是上帝的声音，每天在碰碰的心里回响。现在碰碰终于看到，他绝望地看到，意萍心里没有一点点他的位置，意萍就坐在他的跟前却背对着他，一上午只对他说了两句半话，一句是别人理了发像万梓良，一句是碰碰你不行，最后半句是真没劲，就像碰碰小时候在有线广播里听到的对口词三句半，硬邦邦地立眉横目。碰碰又绝望又不甘心，他想意萍并没有跟他说不结婚了，吹灯了，她不理他是因为忙，他一定不能什么都没弄清就回去。他在心里把要结婚的话练了无数遍，他一遍又一遍地把心竖起来，要把这话说出口，他一次又一次地在张开了嘴的紧要关头把声音缩了回去。他看到意萍将十几个信封一一贴住了封口，一一贴上邮票，意萍瘦嶙嶙的手指在信封上一一抚平，意萍站起了身，意萍要去寄信了。碰碰一看没有了退路，在心里一咬牙一

127

跺脚冲口而说：意萍。

　　这句焦灼万分委屈万分一点也不像出自碰碰声音的话使意萍吃了一惊，她看到碰碰像犯人等待判决一样半坐在椅子上，意萍说：我要去寄信了。碰碰固执地坐着不动，意萍又说：我要去寄贺年片，你别一个人待在这里。碰碰仍不动，意萍说：不然你陪我一起去邮局，有什么话路上说。碰碰仍死死地坐着，一副视死如归的样子，意萍觉着了异样，说，那好，有什么事快说，说完我可要出去了。

　　碰碰被逼到了悬崖上，他只好眼一闭跳了下去，他对着意萍耳朵说：我们的事……就是，反正，你要给我一句准话。意萍不耐烦地问：什么？碰碰索性说：就是结婚的事，你要给我一句准话。说完碰碰就绷紧神经看意萍的手。意萍把手里的一叠信封往桌上一抛，说：我现在不想讨论这事。碰碰不死心，仍傻傻地问：那什么时候？意萍又生气又不耐烦，说：什么时候再说吧！意萍把信聚拢丢到提袋里，三步两步走到门口，她心烦意乱地在衣服口袋乱翻自行车钥匙。

　　钥匙没翻到，意萍却听见一阵奇怪的声音，呜噜呜噜的，既像叹气又像呻吟，而这气走得不通畅，被什么柔软而顽固的东西尽力而又力不从心地阻挡着。

　　意萍回过头，看到碰碰一张扭歪的脸。

　　碰碰抽了几下没止住，竟呜呜哭了起来。

二帕日夜扑在她的时装展示会上，又要催款，又要设计，又要训练模特，连灯光怎样摆都要想了又想。展示会像一个辉煌的梦，从梦里向二帕的现实走来，二帕又兴奋又紧张，她终日对着自己那堆设计样图念叨着：只许成功不许失败。就像一个孤注一掷的足球教练在比赛开场前对自己的运动员施加压力。二帕深知，这次展示会对自己是多么重要，只有她自己才知道，她为这次展示付出了怎样的代价，因此她必须成功，她只有成功才能对得起这份代价。二帕想，如果她失败了，如果展示会砸锅了，她就去死，她绝不活了。她不能失败后重又坐在柜台前干她已经干了八年的活，银行她不能再回去了。她已经无路可走，或者成功，或者死。

二帕沉浸在即将死去的悲壮和即将成功的浮想联翩中，意萍却来对她说，二帕，我最讨厌男人像个软蛋似的，动不动就哭。

二帕看看意萍，意萍又一口气说：碰碰要跟我结婚，我对他这么冷他还没觉悟，一点骨气都没有，他还要每天来我家听消息，真他妈烦！他骨子里那种土气永远也去不掉，你跟他久了你就知道他永远是一个农民，他是农民又要装出不是农民的样子，看着就觉得可笑，我看他老实没计较那么多，现在越来越看不顺眼了，你看他的头，弄得像个小奶油似的，还有那鞋，简直惨不忍睹。

二帕听了就说：意萍，你别太表面，最根本的东西是心，又不是头发和鞋。

意萍本来期待二帕跟她同仇敌忾，却听到了这句话，意萍从来没有听到二帕用这种语调跟她说话。意萍潜意识里占主导占惯了，听到这话感到十分刺耳，她想二帕竟敢教导她，去你妈的。二帕却又顺口添了一句调侃：意萍，你别太形而下了。

意萍不说话。

二帕以为她心烦，也不在意。过了一会儿，二帕认为关于头发和鞋的话题结束了，她便兴致很好地说起她的展示会，她想起专版的事，她说：意萍，你说我的照片用哪张好？

意萍不答话，她站起来，一字一字地说：二帕，你听着，你没有资格跟我谈什么心的问题，我从心到脚指甲比你纯洁得多。

说完摔门而出。

意萍的话像一把尖刀插到二帕的心上，二帕瞬时感到五脏六腑有一阵烧灼的疼痛，她不知道她怎么一眨眼就得罪了意萍，意萍的话像无数凶猛的黄蜂在她体内穿来穿去，它们带着噪音（这噪音是无数个意萍的声音汇成的，这噪音中最响亮的词就是"纯洁"与"资格"）与毒汁进入她的心，二帕感到她的心正在被洞穿，被焚烧。

二帕被真正地伤害了。

被伤害了的二帕终于明白，她跟意萍之间从来就没有过平等，意萍从一开始就高高悬在她的头顶，她在她的头顶给她友谊，给她理解，给她帮助，而一旦二帕像一个真正平等的朋友说她一句，她的自尊就被大大地触犯了。

二帕想，原来这么深这么不顾一切的情谊全是不平等的啊！原来意萍竟是这样地不把她当人的啊！二帕越想越伤心，她哭了起来，哭得昏天黑地。

一个女人就这样把另一个女人永远伤害了。

意萍说了那伤人的话感到一种彻骨的快意，快意过后却终于后悔了，她想来想去，自己确实有些出口伤人，她想起了二帕的种种好处，种种艰难，她的软弱和功利，她的执著与自私，她的破釜沉舟和不惜一切，这一切所组成的奇怪的二帕唤回了往日意萍对她的疼惜与眷恋。意萍想，二帕要在晚报上登半个专版，她一定会来找她的，她那么需要成功，既然她为同样的理由就豁出去跟男人睡觉，那她一定还会来找她的。

意萍开始等待二帕来找她，她想只要二帕来找她，她一定好好待她，她一定向她道歉，向她保证永不再伤害她。意萍怀着良好的愿望一天天等待二帕的到来。

展示会一天天近了，二帕没有来，展示会的日子到了，二帕仍没有来，意萍在日报上看到一则简讯，展示会已经结束了，二帕还是没有来。

意萍给二帕写了一封信，过了一个多星期意萍还没收到回信，她怀着最后的希望又发出了一封，还是没有回信，意萍终于明白，她是把二帕永远地伤害了。

这年的春节，意萍跟碰碰结了婚。

第二年，意萍生了一个五斤六两重的女儿，长得极像碰碰。

二帕如愿以偿搞成了自己的时装展示会，又运气极好地调到了市里唯一的一家时装杂志当编辑，她在新的单位与同事格格不入，同时她对时装的激情也在淡漠，她有时想搞一点新的设计，她惊恐地发现，她的才思与灵气全都消失得无踪无影，她耗尽了无数个漫长的夜晚，却一个作品也创作不出来。

二帕想，自己的心灵是不是枯萎了，她既爱不上男人又爱不上女人，她消失了激情，毫无感觉地度日，这样的日子实在太可怕了。她开始苦苦盼望意萍突然来到，她细细回忆意萍的发型，意萍在夏天里常常穿的那条水红色绸裙像水仙花一样在二帕眼前飘动，意萍的双眼水波潋滟，月光般照耀着二帕的房间。

而意萍却是永远消失了。

同心爱者不能分手

这是一部苏联电影的片名，一个名叫阿尔费罗娃的女演员主演，我在报上看到了她的照片，这使我马上想到了另一个女人，我不知道为什么一下想到了她，其实她跟阿尔费罗娃毫无共同之处，多年来我已经有点把她忘记了，但我还是一下就想起了她。

那时候在沙街暗黄色的木楼和土灰色的砖房前，像开花似的出现的这个女人，她的脸像她身上穿的月白色绸衣一样白，闪亮的黑绸阳伞在她的头顶反射出幽蓝刺眼的斜光，随着她的腰身扭动，黑绸阳伞左一闪右一闪，妖冶而动人，那个月白色绸衣的女人在阳伞下只露出小半的脸，下巴像一瓣丰满的玉兰花。

这个女人后来突然消失了，没有人知道她去了哪里，是否还活着。她在沙街上住过的那幢奇怪的楼也已经荡然无存，似乎是毁于一次大火。那地方后来成了防疫站，常年飘荡着预防流感药水的气味，在有太阳的晴朗日子里，沙街各家的门口晾满了床单，一片淡红粉绿，但是没有了那个穿月白色绸衣的女人在她的黑色阳伞下伸出洁白姣好的下巴，于是满街的淡红粉绿寂寂寞寞，无以衬托。

当时我十三岁。我十九岁以前一直住在沙街，我家跟那个神秘女人的房子隔大半条街，因此我看到她的机会并不多。事实上在她消失之前的两三年她就已经闭门不出，成天龟缩在她那幢半砖半木的小楼里，很少有人看见她。她在阳光下打着阳伞的形象就像一部早已放过的电影，在人们的记忆中变得日益模糊虚幻。

我更多看到的是那条狗。狗是一种无法回避的动物，所以我总要一再地提到它们。这条狗在我的记忆中是如此清晰，简直伸手可及，以至于那个女人在我的臆想中因为有了这条真实的狗，她的一切举动也都变得清晰可辨了。

这狗是条非常干净的狗，干净得就像有洁癖的老处女，它在夏天的时候有时一天洗三次澡，并洒上爽身粉。这条干净无比的狗名叫吉。穿月白色绸衣的女人在常年垂着窗帘的幽暗房间里突然喊道：吉。吉就像猫一样前蹄一跃扑到女人的怀里。吉的喘息声一开一合放射出半透明的雾气，在它身后的一面年深月久的落地镜中，女人看到自己抚摸着吉的毛发。吉的每一根毛都经得起严格的挑剔，像经过处理的皮子，甚至闻不到肉体的气味。那时候吉还非常小，还没长出像样的牙，女人常常把它的嘴掰开，仔细看它的口腔，她小心地用手指轻轻按吉的牙床，它确实没长出牙齿，它的口腔像婴儿一样。女人从落地镜的深处再一次凝望，她说：吉。

吉后来长了牙，女人很平静地观察这颗白玉般的牙蕾，它一天天地长出来，在粉红色的牙床上可爱地探头探脑。但是总会有一天，那女人觉得这狗牙够长了，她就让哑巴姑娘上街买来几根冰棍，然后把门关上，她说：吉，你来。她把吉的嘴掰开，冷不防地把冰棍塞进吉的嘴里，她抚摸吉的毛安慰它，但这并不妨碍她用一些锋利的工具将吉的新牙连根拔出来。吉一直吃的是米糊，它没有发现失去了牙齿有什么不便。白绸衣女人连续几年不懈地给吉拔牙，这使吉在很长的一段时间里没有牙齿，它的口腔光滑、柔软、洁净，粉红色的舌头湿漉漉地颤动着，在幽暗的房间里静静地发出微弱的光亮。女人渐渐感觉不到街上走过的板车辘辘的声音，她在镜子里看到自己玉白的脸闪着同样的亮光，她的眼睛柔情四溢。天很快就黑了。

年轻的男教师在星期四的下午家访时第一次来到沙街，他在街口碰到那个哑巴姑娘，当时她正按女主人的派遣准备到沙街与火烧街的连接处买几根冰棍。

他问：沙街是往这走吗？哑女受惊地一抖身子，已经很久没人跟她讲过话了，她抬起眼睛看这个能发出好听声音的年轻男人，觉得他干净得就像吉。男教师看到哑女发愣，就又重复了一遍。哑女像她往常所做的一样，爆发性地发出几声惊天动地的呀咿声，同时把眼白翻了出来，像是要拼命把话讲下去，却因为来不及换气而中断了，她气喘吁吁印堂发亮，男教师吓了一跳。他定了一下神,说:你是一个奇怪的女孩。

那天男教师没有看见那个穿月白绸衣的女人。当时他走进沙街尽头一家船民搭的棚屋里,访问了全班最差生的母亲,这是他早年充满朝气的蓬勃生命中极为平常的一天。而那个女人,正穿着她无数件月白色绸衣中的一件,把刚刚洗过澡的吉裹在干爽的大毛巾里,等着哑姑娘买回冰棍,然后给吉拔去新长出来的一颗牙齿。她抚摸着吉粉红色的牙床,手指在那颗硬邦邦的新牙上来回挫动,她不知道窗外有谁在走过。

也就是说,人已到齐,但故事尚未开始。那个当年十三岁的少女,此刻正坐在一个远方城市的窗前,点燃两根蜡烛,现在已经到了经常停电的年头。

厕所与女孩

后来我认识了一个奇怪的女孩,她只有十九岁,我比她大整整一轮,也就是说,我跟她都属狗而且都属摩羯星座。她发现这一点的时候就决定把她刚用了两次的法国口红送给我,她认为我用这种口红会富于异国情调,像个马来西亚女子。

这女孩有个可爱得让人不敢相信的名字,叫都噜,她说她姓的正是那个首都的都,因为老家是山东,所以叫鲁,又因为是女孩,于是就用了都噜,像葡萄长在架上一嘟噜一嘟噜的。她爷爷说,这个姓的祖先是春秋时的美男子,很得宠,后来因为妒火中烧，放暗箭射死了他的对手，后来自己则死于精神错乱。

我跟都噜相识在一个公共厕所里，那天我有点衣衫褴褛，我穿着洗得很白因而显得破旧的背带牛仔裙，里面是一件洗得发疲的水洗布衬衣，应该说这身打扮还可以，我自己就认为时髦得可以去见男朋友。衣衫褴褛是都噜的说法，她对人的相貌衣着历来只有两种评价，就是"富"或者"穷"。穷就意味着不好看，廉价，是地摊上的货色，而一个有魅力的女人应该使自己显得高贵。都噜直到现在还不能欣赏那种飘零的美，她缺乏这种视角，每当我刻意把自己打扮成那样的时候，都噜就说：你破破烂烂的真把自己糟蹋了。

我想我不能把"飘零之美"这个词告诉她，就让她永远停留在贫与富这两个狭窄的概念上，这一来我马上获得某种快感。

还是回到厕所里。厕所在电影院旁边，因为正在上映《摇滚青年》，红男绿女来了不少。厕所也就有点拥挤，每个坑都满了，我进去看了一眼就逃到了门口外面。这时我发现门口边上站了一个女孩，她正对着厕所门口，她看见我出来就赶紧跑进去，结果发现厕所里还是满的，她皱着鼻子重新站在了厕所门口。这个女孩就是都噜。

其实那天我就是去会男朋友的，我想跟他一块儿去看电影。我不止一次地说过，我生平最大的愿望就是跟一个自己喜欢的男人一块儿去看电影，我对幸福的理解也仅限于此。我对独自一个人去看电影已经厌倦透了，所以很容易就产生了这一平庸理想，这不怪我，换了别的女人也会如此。还有一个办法，就像治感冒有多种办法一样，这世界总会把另一种办法制造出来，这就是，没有男朋友干脆不去看电影。

不去看电影独自在幽暗的室内，穿衣镜反射出唯一的亮光，夜色四合，那只名叫吉的狗正张开光滑的嘴露出粉红湿润的舌头，这样很快就会变成那个穿月白色绸衣的女人。

下午：屋子里面和外面

吉是一条母狗，除了在发情的时候因骚动不安被女主人关在一间空着的小黑屋的日子以外，其余的时间安静文雅，温柔可爱，一尘不染。

从进入这所寂静幽黑的房子里的第一天起，吉就意识到它的使命绝不是看守门户，因此即使是女主人也从未听过它的吠叫声，她无数遍听过吉的呜咽声和呻吟声，能根据其中长短轻重的不同从而准确无误地分辨出这些声音的不同含义。总之吉是一条非常聪明的狗，现在这么聪明的狗已经见不着了。

没有人会想到吉有一天会发疯，后来我想吉发疯的根源在于它太聪明，正如人类中的天才常常容易发疯或被当成发疯一样，吉是狗类中的天才，而天才是可贵的。

穿月白色绸衣的女主人后来常常做同一个可怕的梦，梦见吉柔软粉红的牙床上长出两根鲜红似血的牙齿，牙齿迅速长长，像树一样,而嫩滑的牙床爬满了老筋。她在半夜醒来,恐怖地看见床对面的大穿衣镜发出淡蓝色的光,整幢楼因为没有了吉而充满了令人不安的陌生感。这些都是后话。

年轻的男教师再一次去沙街家访的时候在那幢常年关着门的房子前看到了哑姑娘,她正抱着一匹雪白得像天使的狗。男教师呆立在街心,觉得自己看到了一幢外国的风景画,充满了暗黄和土灰的沙街能出现一匹如此干净的狗,这不能不说是一个奇迹。男教师暂时忘了那个伤脑筋的捣蛋学生,他朝这条狗走去。

当然不可能有人告诉他日后这条像天使似的狗将咬断他左手的食指,它为此长出牙来,到死也想着把他的脖子咬断,这是一种缘分,仇恨也是一种缘分,充满了不可理喻的玄机。

吉有点无精打采,它对这个陌生人丝毫不感兴趣,每次女主人让它出来晒太阳它都打不起精神,因此男教师朝它蹲下来的时候它有点心烦,禁不住打了一个大呵欠。男教师很奇怪地发现这只狗没有长牙,一个粉红色的洞正对着他,空荡荡的,颗粒细腻的舌头像女人一样。

吉的牙齿是后来才长出来的,女主人病了两个月没去管它,她在出事以后才发现这一点。吉到底因为疯狂而长牙,还是因为长牙才疯狂,没有谁能说得清楚。

哑姑娘抱着狗,目不转睛地看着男教师的脸,她希望他看她,跟她讲话。但他摸着狗的毛,只是稍稍把脸偏过来问:它有多大了?哑姑娘声音喑哑地在喉咙里咕噜了几声。男教师不在意，又问：这狗是在哪里买的？哑姑娘不做声，仍然看着男教师的脸，男教师终于拿眼睛看着她了，他问：这狗是你的吗？

哑姑娘不知为什么突然激动起来，她拼命翻着眼皮，大声啊啊地叫喊着。男教师同时看到这条美丽的狗开始兴奋起来，它像是闻到了一种它最喜欢的气味，它挣脱哑姑娘，跳到地上走来走去，面朝着那扇暗色的门。

男教师听见门背后有个女人唤道：吉，进来。

门开了，在半明半暗的室内光线下，男教师第一次看见了这位常年穿着月白色绸衣的女人。他吃惊地看着她。

都噜

都噜一有空就问我：你看咱们中国的女演员谁长得最高贵？我说：谁也不高贵。

都噜一听很高兴，说：就是，刘晓庆长得最穷，穷兮兮的。说完她嘴里又嘟囔着张瑜陈冲龚雪岳红巩俐，把能想起来的都认真想了一遍，最后她说：你觉得潘虹怎么样？她像家里很有钱吗？富不富？

我说：一般吧。

都噜高声喊道：没错！所以中国女演员都不怎么样。

对这样的女孩我能说什么呢？何况她比我小一轮。这并不是说我到了一个非要跟什么人讲讲心里话的阶段，我向来认为与人倾诉是件愚蠢的事情，不管跟谁。但是都噜有一个时期染上了一个毛病，没完没了地跟我讲她的男朋友。都噜一共有三个男朋友，她对这三个人的取舍弄得她心烦意乱，从早到晚犹豫不决。为了不失去他们之中的任何一个，都噜费尽心机玩着高难度的平衡技巧，调虎离山欲擒故纵声东击西瞒天过海，三十六计用了不下十八计。当她确信我对她的三个男朋友从幼儿园起到大学的全部履历以及他们脸上的疙瘩和眉毛的浓淡都清楚以后，就常常满怀希望地望着我，充满了探询和好奇，活像一个求知欲旺盛的中学女生。

　　当然我不能回应她的提示，我很无辜地望着她，表示我其实并不非要知道她的男朋友什么的。都噜立刻就有点失望，眼看着不想说话了，这毕竟是件让人不痛快的事，但只不过是不痛快而已。我想再过十二年，都噜到了我这样的年龄她一定会明白，不痛快是件多么微不足道的事情，不痛快只是一粒沙子，生活就是由许多沙子组成的，生活是一盘散沙。我不跟都噜讲这些，时间会把一切都告诉她，就像一阵风，会把地上的沙子扬到天上，然后降落到每个人身上，就是这样。

　　都噜说我表情如此沉重，一看就是一副失恋的样子，所有的男人都不会喜欢一天到晚挂着副失恋面孔的女人，男人希望在女人脸上寻找笑容，女人应该美丽而快乐，要不然要女人干什么呢？这是十九岁的女孩都噜在某日下午吃着冰棍对我说的。

　　这使我想到了我的男朋友。

现在必须给他取一个代号，这很有必要，因为我既然不愿意告诉都噜他的名字，我就决心坚持到底了。要找到一个独特的符号是件很伤脑筋的事情，ABCD甲乙丙丁一二三四都太平凡而且很多人用过了，我左思右想终于找到了一个用星座的名称做代号的办法。我男朋友所属的星座是天秤座，因此我决定叫他天秤。

这其实不合适。一个不合适的名字使人感觉虚假，但是不说出名字也同样让人感到虚假，某个人存在而某个人不存在，这常常使人难以判断，你认识他他就是真实的，你不认识他他就是没有的，所以每个人都想出名。这跟爱情不一样，爱情是一件相反的事情，说出来的都像是假的可笑的，不说出来才像真的。

天秤尤其如此。

我想象不出天秤沉浸在爱情中会怎么样，这个时代已经没有人能沉浸在爱情中了，天秤当然也不会。更重要的是天秤是个像样的男人，这一切的结果使我无所适从，有一种强烈的挫败感。

吉与女人的神话

沙街上每一颗石子都冒着热气，像正在炒着的黄豆，发着光，饱含石英的沙质，在阳光下睁着锐利的眼。沙街没有声音，最热的时候总是没有声音。没有声音的沙街令人怀疑。

各家的后门都开着，背带河的风弯弯曲曲吹进房间和天井，湿润而凉爽。女人光着脚，坐在一张竹躺椅上，落地穿衣镜擦得很清晰，镜面溅上了几点水的纹点，像暗花一样装饰着镜子的斜角。女人刚刚化了妆，描了眉毛，鲜红的唇膏艳丽的嘴在镜子里很夺目，女人抱着吉。

香皂的气味从吉微湿的毛丛中散发出来。她一只手搂着它，另一只手在吉身上来回抚弄搓揉。这只手像一条深海动物熟练地游动在海草之间，轻重缓急舒张收缩，充满了韵律的美感。

吉偎贴在女主人的胸前，舒服地缩着身子，它不时地在女主人软软的凸起的半圆上蹭几下。它听见她说：吉，你看看我。

吉抬起它淡黄色的美丽眼睛看着女主人，它的眼睛水汪汪的像头小鹿。女人看了看镜子，然后用手指轻轻地拨吉的嘴，吉把嘴张开，口腔干净光滑，没有长出新的牙齿。女人说：乖。

她把脸靠到吉的鼻子上，吉不声不响地舔着女主人。它用舌尖一点点碰着，脂粉在吉粉红的舌头上铺成薄薄的一层，像发白的舌苔，吉努力把它们咽下去。女人闭着眼睛，任吉在她的眼皮上耳垂上和紧闭着的嘴唇上一下一下地舔着，她沉浸在一股异香之中。她的手停在吉的身上。

吉觉得女主人冷落了它，它开始呜咽起来，像小孩撒娇。它朝女人的怀里缩了缩，又冲那软软的半圆蹭了蹭，女人把吉的头按在自己的胸前，柔声地说：吉，吉，你怎么啦？

女人和吉隔着薄薄的一层月白色绸衣紧紧贴在一起，她们一同喘气，她的气息从胸腔里出来拂动了吉颈上的毛。女人感到她的手心开始发热，湿润，湿漉漉。

窗帘低垂。女人解开衣服，她在镜子中看到自己的乳房匀称柔软，小巧可爱。它们像一对受了委屈的苹果，没人理会，孤零零的。女人爱怜地捧着它们，它们没有被吸吮过，没有喂过奶。吉小心地嗅嗅最顶上的那颗微红的头，它们受了刺激，激动起来，变得鲜艳、潮湿、发亮，表面的颗粒坚挺鲜明，充满生机。吉感到它一下一下地动荡起来，吉觉得女主人的手正压着它的头，它一下整个地将这柔软的东西含在嘴里了。吉听见女主人无力地呻吟了一声。

自己的羽毛

我爱上天秤很久以后才开始到床上去，这使都噜惊讶无比。都噜说：你太压抑自己了。我觉得问题不在这，关键是即使做爱也无法表明爱情。我知道在一个性泛滥的时代里谈爱情是很虚妄的，但我觉得自己爱天秤爱得要命，我迫不及待地想表明这一点，但又不能跑去跟他说我爱你，这同样是可笑的。

现在已经晚了。

我经常考虑爱情的表达形式这样的问题。做爱本来是爱的最高形式，现在几乎成了最低形式，以此为起点，我跟天秤重新开始互相试探，遮遮掩掩，就像一对心里有意思但尚未挑明的男女。如果我想跟天秤并肩骑一段路的自行车，就得找出合适的理由，比如他要去图书馆借书，我就说我得到社科院去一趟，社科院正好在图书馆的对门。他若来看我,不是借书就是打听一件不相关的事情,反正总有借口。有一次我去看他,一进门他就问:你干吗来了?我说:没事,来看看你。他脸上马上就有了得意之色,于是我想:我输了一盘。

我不知道该怎样评价我自己,我有时候认为自己是最后的浪漫主义者。爱一个人爱得稀奇古怪。我热切地盼望天秤尽快流落街头身无分文或者锒铛入狱一落千丈,以便让我的爱情显示出真正的价值。但是事实上天秤平步青云事业上一发而不可收,我断定他总有一天会获得巨大成功,正因为这样,我不能在这里写出他是干什么的,这很容易被人猜中他是谁。

这道理很明白,普天下都是一样,如果男人太出色,受罪的必定是女人。事实上出色的男人非常少,尤其在中国,而年轻漂亮的姑娘满街都是,所以吃尽苦头的男孩就比比皆是。

后来都噜有机会详细地看到了天秤的正面和背影,她很迟疑地问我:你说的就是他吗?我说是他。

关于眼泪

Do you really want to hurt me?

Do you really want to make me cry?

(你真的想伤害我吗?

你真的想让我哭吗?)

一个女人（不是少女），疯狂地爱上了一个男人，结果她发现自己怀孕了，她希望跟这男人结婚，然后把孩子生下来，她对那男人说，她将承担一切责任，她将独自抚养这孩子，一切都不用他管。男人说，他这辈子不打算结婚，更不准备要孩子，他这是真话，一个出色的男人到了三十四岁还不结婚确实是因为他自己不愿意结婚。女人就说，即使不结婚她也要把孩子生下来，她准备承受一切压力，生一个私生子，她说在怀孕的最后几个月她将请一次长假，孩子生下来就交给她母亲，她母亲长期从事妇幼保健工作，一切都没问题，经济上也不用他负担。女人又说，这是她最后一次机会了，她已经三十岁，而且以前她曾经做过两次人流，以后再也不可能有孩子了。

　　女人以为男人会感激她，会被她的爱情所感动，她希望他抱抱她，摸摸她的头发，然后一切艰难困苦她都可以承受了。她想象着她肚里的孩子一天天长大，长得像她眼前所爱的男人一样。她心里于是充满了一种宁静的柔情。

　　但是那男人说，如果她一定要把那孩子生下来，那明天就去打结婚报告，然后他将辞职，离开此地，永不回来。女人一听绝望极了，在极度混乱中她唯一关心的就是她还能不能再见到他。她沙哑着喉咙问：你去哪里你告诉我吗？男人说：不告诉。她又问：以后你让孩子看你吗？他说：不让。最后她说：那你留一张照片给我吧。他说：一堆烂肉有什么好看的，你看那个孽种就够了，看我干什么。

女人感到万箭钻心，全身都在疼痛。男人走了以后，她独自一人整整哭了一夜。到天亮的时候她想她宁可失去一切也不能见不到她所爱的人，于是她对前来听她决定的男人说，她这就到医院去，下午就做流产手术，她将不要求结婚，而且在做完手术的十五天她自己照顾自己。

　　男人如释重负，他问：你需要我做些什么？又说：你现在身体这么差。

　　这是一个让人难过的故事。这故事发生在一九八八年十二月。女人去做了人工流产之后常常想念那个在她体内活了四十九天的孩子，她知道，她这辈子再也不会有孩子了，她后悔她没有做出相反的决定，爱情是靠不住的，而孩子才永远是自己的。她神情恍惚地对人说：就跟用刀剜她的心一样。

　　这个做出了重大牺牲的爱情故事还在继续，我不知道以后会怎么样。

　　但愿会好。

　　还有，那个女人不是我。

爱比死残酷

　　忽然想起一部西德电影，片名就叫《爱比死残酷》，导演是法斯宾德。

　　电影我没看过，只是看到法斯宾德的有关材料，但片名给我留下了极其深刻的印象。天秤说：爱就是死，就是自虐。这是他的深刻之处。他认为爱情的最完美结局就是婚礼和葬礼同时举行。这使我觉得这辈子都没希望了。

天秤没有跟我讲过他的爱情故事，有一次他跟我讲了个开头，我却像血晕症患者看见血一样一下不舒服起来，连脸色都变了。天秤赶紧打住，后来就再也没有讲起过他跟别的女人的事情，因此天秤在力所能及的范围内还是很体贴的。

天秤穿着短袖衫的时候裸露的手臂上有一串很醒目的圆形疤痕。这些疤痕很像预防天花种的牛痘，五十年代出生的人每人身上都有若干颗，至少一颗。我的牛痘被我妈很别致地种在腿上，因此我的双臂光滑平整。天秤手臂上的圆形疤痕在前臂上，就是在手掌与肘关节之间，而且一共有四颗之多，这些牛痘的位置和数目都让人觉得奇怪。

我抚摸着这些古怪的疤痕，心里有一种隐隐的妒忌，胡乱猜想着许多跟他有关的女人。我说：这像是烟头烫的。他说：是。我说：为了什么？为了爱情吗？他又说：是。我说我明白了，一颗疤意味着一个被打掉的孩子。他说这不对。我说难道还有别的解释吗？我说你把烟头烧红一点，准备烫上第五个伤口吧。他说：确实不是为了这个。

一个女孩一定要跟他好，他不打算跟她好，她说他不跟他好她就要去死，他说你说我怎么办？又不能打她，他对她说：我不能为了你放弃我的自由，为了我去死不值得，世上好男人多得很，你一转身就会碰到。女孩说她只爱他一个人，如果他不爱她，她一定要去死。天秤吸着烟，他把烟头按在自己的手臂上，烫得他的皮肤吱吱冒着白烟。他说我没有别的办法，你看着，我受这点皮肉之苦算不了什么，但这会肿起来，会烂，然后留下一个疤，一辈子都去不掉，我今生今世记住你的情分，这总可以了吧。

女孩大哭一场，绝望而走。

好女孩今又在何方？

我有时会想象天秤死于一场交通事故，这是一个恐怖的带自虐性质的想象，我不知道我为什么要想到他的死，事实上想到他死使我摧肝裂胆悲痛欲绝，我到底是更爱他还是更恨他？我自己也弄不明白，抑或是：爱就是恨。不管是哪一种情况都使我想到他的死。

那次我从医院出来，天秤来看我，他说：我会暴死的，我将不得好死。他大概已经明白他自己是个怎样的人了。

因此那女孩及时离开天秤是对的，而且还明智地没有为他去死，尽管那女孩现在可能因为没有爱情而变老发胖、变邋遢。

这样的好女孩非常多，就像坏男人一样多，有多少好女孩就有多少坏男人。坏男人是好女孩纵容出来的。

雨丝般纤细的手

一到下雨我就想起童年。童年像一场透明洁净的雨，落在沙街凹凸不平的地上，形成许多大大小小的窝。站在屋檐下，用手接住瓦漏水，雨水顺着手臂流到夹肢窝，凉凉的湿湿的，禁不住想笑出声来。

下雨除了使我想起沙街的瓦漏水以外，还提醒我关于那个穿月白色绸衣女人的故事。

她在下雨的时候喜欢把窗打开，看雨，那时候她已经认识那位年轻的男教师了。下雨的时候沙街显得平静温柔，轻盈的湿气像指甲花一样徐徐开放，男教师打着一把油纸伞走进沙街，雨点在纸伞上发出"笃笃"的声音，饱满而结实。

男教师把湿淋淋的纸伞放在门口，女人说：吉，你去玩吧。吉狐疑地望望女主人，它走到门口，又溜回来绕着主人的脚边转了一小圈儿，嘴里哼哼着，平时这个时候，该是女主人跟它一块儿睡午觉了。

女人说：吉，听话。

男教师走进房间里，在雨天室内的昏暗中他头一眼就看到摆在案桌上的两只鲜红如血的高脚玻璃杯，它们闪着隐隐的光。男教师除了在地区师范念过书还从未去过有高脚酒杯出售的地方，因此他觉得自己有点怯怯的。

女人说：你喝点酒吧，度数很低的。

男教师说：不，我还是先喝点茶。有茶吗？

女人仍然站在窗前，她脸朝着雨，说：你今天要教阿兰（哑姑娘）认字吗？她在楼下，楼下也有茶。

男教师说：我过一会儿再来。

女人忽然亮着嗓子喊道：吉——上来！她的声音清亮圆润，有一种华丽之感，男教师不由得想起一张旧唱片。

吉敏捷地跑上楼飞快地进到房间里，它望着女主人，气喘吁吁。女人坐到躺椅上，吉熟练地跳到她怀里，并且用两只前爪攀着女人的肩，它白色的绒毛一抖一抖的，女人柔柔地抚着吉，一边说：吉，咱们喝酒。她端起酒杯啜了一口，把酒含在嘴里唔唔了一阵，吉听懂了是在说：吉，把嘴张开。它就把嘴张开，女人嘴里的酒细细地流到吉的口中。

男教师站起来，说：那我走了。

女人说：你顺便把门带上。她听见他的脚步声湿滞滞地消失在楼下，门响了一下。

她双手拿起两只杯子，叮地对碰了一下，一仰脖子将其中的一杯一饮而尽，另一杯慢慢地倒进了吉的嘴里。她走近镜子，很近地对着镜子看，镜面即刻就蒙上了一层水汽，她用手绢飞快地擦了擦，镜子里女人毫无表情地望着自己，她脸颊上一道细小的刀痕在脂粉下隐隐约约。她拿手使劲搓这疤痕，搓得皮肤发红，就像是刚被抽了狠狠的一鞭子，红得发肿。

女人慢慢回到躺椅上，吉正缩在椅子中间睡得迷迷糊糊，女人把它抱起来，闻到吉身上散发出浓郁的酒香。

男教师后来还是常常在下雨的时候打着纸伞到沙街的这幢砖木小楼来，多年以后，当他在乡村小学的泥砖房里回想起年轻时候在镇上的日子时，已经说不清当时吸引他的到底是女人还是狗，抑或是哑姑娘还是那幢小巧的楼房。总之男教师为这段经历付出了代价，六十年代末下放到本县最边远的山区公社，在那里的小学任教至今，而他当年的师范同窗，纷纷当上了县教育局长和人大代表，或者调到文化馆，男教师对此艳羡不已，他常在夜深人静老婆孩子睡熟之后，独自一人望着窗外黑糊糊的山，在远远近近的狗吠声中想起吉。他左手的食指残断半截，吉的一身惨白的毛发历历在目。男教师最后得出结论：他从来没有爱过那女人。

女人那时候已死去多年，当年她在门窗紧闭的房间里窒息而死，失火的时间是在半夜，人们起床去救火的时候一切都太晚，女人被发现时早成了一截黑糊糊的东西，冒着黄白色的烟。男教师没有看到这一幕，这使他在回想女人的容貌时保持了最初的美好印象。到后来，沙街的女人在他的记忆中已经不是当时的容貌，而是更早以前，那女人年轻的时候带有舞台风姿的那些照片。当时女人不在沙街，男教师只有十二岁，在家乡山区的半日制小学读完了四年级。那是女人在省城剧团里红得发紫的年代，农村的小男孩并不认识她。

起先女人在沙街上隐姓埋名，对她的过去绝口不谈，后来她发现，人们真的把她忘得一干二净了，没有人来找过她，所有的故旧相知结拜姐妹全都不知去向，就像一阵大风，把所有的东西都刮得干干净净，无影无踪，沙街上的人除了把她当成一个有钱的、孤僻的、美丽的女人以外，并没有更多的好奇。

终于有一天，女人把压在皮箱底下的一个紫缎包裹拿了出来，紫色的高贵光泽在洁白的床单上显得突兀悲哀，女人感到一种难以言说的东西渗透了自己，一直渗到心的尽头。她慢慢打开包，里面是早年的报纸剪贴和几本旧相册，那时候她的脸平滑光洁，没有这一道刀疤。这道刀疤是个转折点，就像一条大河，把她的一生隔成了互不相干的两大块。女人在昏暗的房间里独坐良久，台下空无一人，观众已经散尽，午夜的暴雨像掌声一样从天而降，闪电将夜幕奋力一掀，炸雷在屋顶惊天动地。

没有男主角。

红颜色的狗

吉闻到天井里指甲花开放的气味，腥甜腥甜的，在整所房子的每个角落隐隐浮动。吉不安地跑来跑去，屋子里闷闷的，哑姑娘在厨房里边烧水边打瞌睡，她把松枝塞进火里，它们发出吱吱的声音，冒着油，混合着松香的气味，黑烟从烟囱缝里挤出来，飘荡在哑姑娘头上，然后消失不见了。

女主人在楼上唱歌。她的声音从紧闭的门窗钻出来，吉闻到女主人的气味就像指甲花开放的气味，吉于是跑到天井，它看到两丛指甲花全都开了。红红的花瓣在吉的头顶晃着，吉同时闻到了雨的气味，它们在空气中像鸟一样飞来飞去，纷乱沉重。女人的歌声有气无力，吉在天井里听见她坐到了躺椅上。

女人喊：吉——

女人把吉抱到膝上，说：吉，你冷不冷，冷不冷。你冷吗？吉在女人的怀里闻到指甲花浓郁的气味，它听见天井里盛开的指甲花发出呜咽的声音，女人把它紧搂在胸前。吉，你怕冷吗？

吉舔舔女人的手背手心和手指，女人慢慢安静下来。她说：吉，我们到厨房去，看水烧好了没有。

然后他们下楼，走过天井。天井里两丛指甲花一丛嫣红一丛粉白异常茂盛。女人惊叫了一声扑过去，她闻到自己身上发出浓郁的指甲花的气味。她看看红的，又看看白的，并且神经质地用手指拨着花瓣，花瓣上的雨水被弹出来，女人的手全是水，指尖上湿漉漉的凉凉的。她甩甩手腕，使劲打了几下那丛红色的指甲花，花瓣纷纷坠落，暗绿色的青苔上红色的花瓣像血一样触目。女人愣了一下，索性摘起花来，她对吉说：吉，我在给你摘花呢，摘花。

腥甜的指甲花的气味越来越浓郁，弥漫到房子的每个角落，久久不散，吉被笼罩在这种奇异的气味中，一直到它死。

女人把青苔地上的花瓣捡起来，放到脸盆里。她像洗手绢一样搓着那些花瓣，殷红的汁液从她的指缝间滴下来。

　　吉听见厨房里的锅盖噗噗地响，暖暖的蒸气扑到吉的毛梢上。哑姑娘把木盆放平在地上，将锅里的水哗的一下倒在盆里，吉看见浓白的蒸气像一朵大花腾的一下升了起来，慢慢散开，哑姑娘又从水缸里舀来几勺水冲进去，大白花顷刻淡了，变成一片乱糟糟的雾。

　　女人说：吉，洗澡。女人把吉放进木盆里，有点手忙脚乱，她急急地洗过吉，把吉往一个空盆里一放，说：乖。然后端起那盆红殷殷的指甲花汁，哗地倒在吉的身上头上，吉感到身上黏糊糊凉冰冰的就像被一块厚厚的湿布连头带脑紧紧裹住，指甲花的气味尖锐地刺进心里刺进脑子里，吉闭着眼睛脑子里一片腥红。女人双手在吉的毛丛里搓揉着，突然发出吃吃的笑声，她说：吉，你冷吗？你冷吗？她的声音很奇怪，吉觉得就像从天井的指甲花丛里传来的。

　　吉被女人用浴巾裹着上了楼，它在那扇落地的大长镜子跟前看到自己全身红得像雨后的指甲花，身上一片狼藉，湿毛一绺一绺地粘在一起，它望着这个陌生的自己，冲镜子叫了一声。女人说：吉，你不高兴了？染红了不漂亮吗？多像一朵指甲花。说完又吃吃地笑，吉闻到女人的笑声中有一股指甲花的气味。

　　雨在屋顶上得得地响着就下来了。女人又开始唱歌，她的声音混在雨的声音中含糊不清。吉独自下楼，路过天井的时候它看到那丛红色的指甲花光秃秃的像个秃头的年轻女人。雨水把地上剩下的花瓣打烂了，淡红的水渗进青苔里。那丛粉白的指甲花还在开放。

未来的日子

我常常在雨夜里想起这个女人和她的狗是在认识天秤之后，我不知道这两件事之间有什么内在联系。也许我担心很快就会失去天秤从而最终变成那个女人。

天秤将在一次吵架之后一去不复返，然后我拼命找他，但找不到，无论信件还是电话都无法到达他，你搞不清楚他是从什么地方消失的，一下子就没有了他，好像很久就没有了，他从来就没有过他，他只是你幻想中的人物。然后你独自一人躺在冰冷的被子里回想起两个人共有的夜晚，觉得就像是一个虚构的故事，就连人工流产也没留下什么后遗症。一件事情经历过和没经历过到底有什么区别呢？天秤既然没有给我留下他的照片，他的形象自然就越来越模糊。以至于有一天都噜问我：你找到天秤了吗？

我反而问：天秤？天秤是谁？

这就是一切。

然后我很快就老了，老得前胸的皮跟后背的皮贴在一起，头发稀疏，我把镜子打碎，洗面奶按摩霜什么的早就不用了。我每天喝完绿豆稀饭就爬到饭桌上，把窗帘拉上，只留一条缝。我从缝里向外窥视，马路上人来人往男女老少，尘埃浮在空气中看得清清楚楚，到夜晚，电线杆下总会有一个年轻人在等他的女友。

有一天来了一个瘦高的陌生人，他敲开我的门，我不认识他，我问你找谁，他说你难道不认得我了吗？你说过你很爱我，没有我你就活不了。我说我爱的不是你。他说是他，他是天秤，这时他专注地望着我，以为我快要反应过来了。但我说：天秤？天秤是谁呢？这名字倒是有点耳熟。陌生人说：你真的不认识我了吗？我是天秤啊。

我说我在等一个人，我不会错过他，因为我每天都从窗口往外看，他一出现我就会认得，他的身上发出一种很香的气味，比爵士香皂还要香，我每天夜里都在梦中闻到这种香味，它们有一种淡蓝的颜色，在黑暗中也能看清楚。他到来的时候树上的雨滴会叮当叮当地敲响，房屋和街道都会发出那种淡蓝的色彩，我将回到我三十岁的时候，我是在那年认识他的。

陌生人说，我认识你的时候你正好是三十岁，我三十四岁，你除了我没有别的男人，我任何时候去你都是独自在家。你要等的就是我，我是天秤。

我对那陌生人说：你走吧，我还要看着窗外，我不能错过他。

陌生人说：你不要着急，除了我，不会再有人来了。你让我进去坐一会儿好吗？如果你真的认不出我，我一定走开，以后再也不会来了。他走进我的房间，坐在一张破烂不堪的藤椅上，上面有一个蓝色的靠垫，也已经因为年深日久而磨损了。他说：就是这张藤椅,我每次来都坐这上面,那时候这椅子的背后是书架,对面是一张椭圆形的茶几,我经常在中午一点多去找你,那时候人们都在午睡,没有人看见我。你也在午睡,你披头散发衣衫不整去开门,开了门又躺到床上去,说你刚睡着我就把你敲醒了,我进门就把藤椅移到床边,正对着你,你躺着,我坐着,然后我掏出烟,我那时抽的全是好烟,或者万宝路或者健牌,最差也是希尔顿。你说烟灰缸在椅子脚下,你的烟灰缸是黑底白花,有两道金边,瓷制的,非常别致,现在还在吗?

陌生人一下从我的桌子底下看到了那只烟灰缸,他把它拿在手上,显得有些激动,他说金边已经掉得看不出了,白花还在。他温和地看着我,再一次说:你想起来了吗?我是天秤。

我说:我不知道天秤是谁,我要问都噜,但都噜已经去了美国了,第一年还有联系,后来就没音讯了。你怎么认识我的烟灰缸呢?

他说看来你还是什么也没想起来,你当时经常抽一种叫摩尔的香烟,深咖啡色的,细长薄荷型的,你想起来了吗?他急急忙忙说着,一边用目光在我的书架上寻找,接着他径自将一本绿色封面的书抽了出来,他说:你还记得这本书吗?萨特的《理智之年》,这是我给你买的书,你自己在最后一页上写了字,你当时还在书页里夹了一枝黄菊花。他迅速翻着书,果然在里面发现了一枝干枯的花。这是你当时的女友方耘拿来慰问你的,他说,你告诉过我是她路过花圃时偷的,偷了两枝,你跟我讲话生气撕烂了一枝，剩下这枝就夹在书里了。

我说：方耘我当然不会忘，但她后来去了法国，这跟你有什么关系呢？

他不回答我，他把书翻到最后一页，说：你还记得你写在最后一页的字吗？你自己看，你当时写的：为了纪念一个相同的事件。如果你连那件事都记不起来，我相信你任何事情都不会想起来了。

什么事情？我问。

跟《理智之年》里的事情一模一样的那件事，那里面的男人也是三十四岁，也是没有钱，他后来去偷了钱，我没偷，我借了钱，借了两百块，你真的不记得了吗？

什么我不记得了？

孩子。

什么孩子？

我们两个人的孩子，那是一九八八年的事情你忘记了？你当时说去打掉它还不如让你去死，你说就像拿刀割你的心一样痛，你说你不管死活一定要把他生下来，说他是天才，你哭了一天一夜，天亮的时候头发都白了一遍。我还以为这事真的要了你的命。

我没有过孩子，我说。

陌生人走了，把那本绿封面的书也带走了。他走了很久以后我还在想：天秤到底是谁呢？

159

以上是将来要发生的事情,在未来的一天一定会发生,我担心它们会发生所以写在这里,这样反而心定了下来,我想最糟的结局无过于此了,一个人只要能把最坏的结局想明白,也就不会老是患得患失了。

何况天秤现在还好端端的。一切都是命运。

都噜

都噜说:既然天秤这么让你痛苦,你干吗不早日一了百了呢?

我说:什么叫一了百了?结婚?

都噜笑笑说:结婚干什么用,你们这一代人脑子真不好使。换了我,要么把他杀了,要么把自己杀了,不然先干掉他再干掉自己,反正人固有一死,最后总得来点壮怀激烈,这辈子就算能够交代啦。

我说都噜你们这一代根本就没爱情,只有性,都快变成动物了。

都噜不计较我对她的评价,她热心地帮我筹划,说若是谋杀天秤,最好是制造车祸,不过在闹市不好办,众目睽睽,还有交通警察,难道天秤从来不去郊游吗?我说他从来不去,没办法。都噜说那就制造溺水事件,哪天三个人一块儿去水库游泳,要不再加上我的男朋友,一共四个,让我的男朋友动手,他愿意为我干一切事，连杀人在内的事，他前天说的，我正要趁机考验考验。放心吧，要是真的查出来，咱俩没事。

我说我头晕。

都噜说：看来你不会有什么出息了，连杀人都不敢。

我说：你除了在信封里夹寄避孕套之外也玩不出更大的花样了。我是指一个星期前都噜干的一件坏事，那天都噜在楼道里跟男朋友搂着接吻，结果被买菜回来的一个老处女撞见，那老处女三十九岁，住在都噜楼上，她从二十岁起看着都噜一天天长大，觉得都噜十九岁就谈恋爱而且在楼道里当众接吻太不像话，于是老处女很长辈地对都噜说：都噜，你以后一定要注意点，这会影响你的前途，你放心，我不会告诉你爸。

都噜平日就看这老处女不顺眼，这回连理都不理，到了晚上觉得心情烦躁，又想起月经过期几天还没来，心里一时恨恨的，也不知恨谁，想起来要化妆，结果画得两根眉毛一边高一边低，而且眉笔芯也断了。都噜一口气没处出，东翻西翻，决定给那一本正经的老处女来点实质性的报复。她拿过笔用左手在信封上歪歪扭扭地写上了老女人的地址，接着往里面塞进一只避孕套，这其实是她家大人用的放在卧室的床头柜里，都噜封好信封，往嘴上抹了口红，她心情舒畅地下了楼，把信扔在门口的邮筒里，然后轻轻松松地上舞厅去了。

都噜说：其实我知道这是件坏事，至少是不够善良，老处女确实是出自好心，而且全社会都应该关心她们，她们比所有的人都可怜。但我觉得干好事总是没趣，有趣的事多半是坏事，人不能老干没趣的事，人要干有趣的事活着才有点意思，不然人活着为什么呢？

我说都噜你是个坏女孩。

她说是啊我是坏女孩没错，但是坏女孩没什么不好。坏女孩比好女孩有吸引力，好女孩善良天真纯情，寡寡的，没多大意思，吸引不了男人。

我说你生下来就是为了吸引男人吗？

为什么不是呢？都噜说，能吸引最棒的男人的女孩就是最出色的女孩。

谁最棒？

在沙街

男教师一进房间就闻到了一股旧报纸旧书的气味，因为是雨天，这气味浓得有点闷人。女人说给他看点东西，她探身到床上，在枕头边扑腾了几下，拿出一包东西，教师看出那是一些旧杂志旧报纸，还有一个类似相簿的厚本子。

她把相本递给教师，一股潮湿毯子的气味从他的脖子下巴嘴唇鼻子眼睛一直漫上来，一直漫到他的额头头发根，他一时觉得他和女人同时被这张气味浓重的湿毯子盖住了。他们听见自己的呼吸声忽然变得很轻，像风吹羽毛一样，他想把头伸到这毯子外面,他挺直了身子,女人说:你打开吧。

教师看见一个泛黄斑驳的女人穿着古怪的衣服从相簿的黑色衬底上冲他妩媚地微笑,那女人化了妆,漂亮得很不真实,他不知道这是谁,他不太喜欢她。

她漂亮吗?女人问道,你看得出来那是我吗?那当然不像我,你知道我脸上的刀疤是怎么来的吗?我不会告诉你的,我不能把什么都告诉你。

女人的声音慢慢低了下去,使男教师觉得她越来越远,就像退到一个很黑很远的地方。女人有一阵没有讲话,她的眼睛好像什么也没看见。忽然好像才发现男教师,她厉声问道:你是谁?你干吗来这里?这是我的化妆间,闲人不许进来。不过你来了也好,你手上拿的是什么?你把它放到一边去,看着我,我喜欢有人看我,我需要很多很多双眼睛。女人走到镜子跟前,对着镜子用几乎是耳语的声音说:你爱我吗?

男教师有些不知所措,他说:你问……女人仍然对着镜子轻声说:你爱不爱我?她的声音软得就像花瓣掉落在青苔地上,他看见她甚至微笑了一下。男教师说:可我是观众。他不知道自己为什么会这样说,他有点陷进刚才女人说的化妆间的感觉里了。女人对着镜子不做声,但是她不笑了。男教师忽然觉得不安起来,他喃喃说:我是……女人一转身瞪着他,说:你是,你不是镇上学校的老师吗?你当你是谁,别跟我装糊涂,我心里可是明白,你以为你真是为了扫盲才来教阿兰的,我就没有吸引你的地方吗？男教师低下头说：你很美。女人从镜子跟前回到躺椅上，她说：真的吗？

她安静下来，说：你喝茶吧，不要介意。然后她喊道：吉——

吉满身红扑扑的跑进来，一跳跳到女人的怀里。它闻到女主人身上熟悉的气味，混合着指甲花和雨的特有气味，它有些激动，气喘吁吁地舔着女人的脸，一边等着女主人抚摸它。女人说：吉，你还没洗澡呢。女人把它放到地上，她对男教师说你跟我讲讲话吧，没人跟我讲话，我再不讲话就不记得我自己的声音了。我妈怀我的时候每天听画眉唱歌。我家那个城市比省城还好，有直通新加坡香港的飞机，国际航班，坐船一夜就到广州，我家后面的江，一半水是清的，一半水是浊的，叫鸳鸯江，你听说过吗？女人的声音慢慢低下去，最后她不说话了，远处的一只火鸡嘎嘎地叫着，像瓦片互相摩擦的声音一样难听。女人又说：我很可笑对吗，你说是吗？你为什么不说话，你来我这里就是打算干坐着吗？你走开，我再也不要看见你。

男教师不安地站起身来，女人却又说：你坐下。

她说：你坐到我的旁边来，坐过来，陪陪我。她把她的手放在男教师的膝盖上，对他说：来。教师顺从地把她的手贴在自己的两掌之间，女人像孩子一样咯咯地笑了起来。教师感到自己的两个掌心间夹着一个非常柔软的肉嘟嘟的小东西，像小鸟似的在他的掌心里一蹦一蹦。他抬起眼睛看着眼前的女人，她正微闭着眼睛，脸部线条在淡薄的室内光线中显得非常柔和温静。他觉得喉咙里热热的。

屋里一片昏暗。穿衣镜在墙角的深处发出淡蓝的微光。

他听见女人哆嗦了一下，她说：我冷。要下雨了，你闻到雨的气味了吗？她把他的手按在自己胸前，她又说：我冷。女人的声音从昏暗中浮出来，就像不是从她的嗓子里发出来，而是从房间的某个角落里钻出来的。男教师一动不动，凝神分辨这声音。女人说：我冷。

男教师看见女人的头顶上有几根细细的短发从她浓黑的头发中挣脱出来，孤零零地飘动着。

一个人的战争

一个人的战争意味着一个巴掌自己拍自己，一面墙自己挡住自己，一朵花自己毁灭自己。一个人的战争意味着一个女人自己嫁给自己。

这个女人经常把门窗关上，然后站在镜子前，把衣服一件件脱去。她的身体一起一伏，柔软的内衣在椅子上充满动感，就像有看不见的生命藏在其中。她在镜子里看自己，既充满自恋的爱意，又怀有隐隐的自虐之心。任何一个自己嫁给自己的女人都十足地拥有不可调和的两面性，就像一只双头的怪兽。

她的床单被子像一朵被摘下来随便放置的大百合花，她全身赤裸在被子上随意翻滚，冰凉的绸缎触摸着灼热的皮肤，敏感而深刻，就像一个不可名状的硕大器官在她的全身往返。她觉得自己在水里游动，她的手在波浪形的胴体上起伏，她觉得自己湿漉漉的，体内深处的泉水源源不断地溅流，乳白色的汁液渗透了她自己，她拼命挣扎，嘴唇半开着，发出致命的呻吟声，她的手寻找着，犹豫而固执地推进，终于到那湿漉漉蓬乱的地方，她的中指触着了这杂乱中心的潮湿柔软的进口，她触电般地惊叫了一声。她自己把自己吞没了。她觉得自己变成了水，她的手变成了鱼。

黑钟

　　我跟天秤认识没多久他就送给我一只黑色的石英钟，比巴掌略小，正四方形，除了数字和指针是白色，全身皆黑。

　　现在这只钟就在我的面前，伸手可及。

　　有一个晚上我忽然发现这钟面放射出彩虹的光芒，彩色的光线照在发亮的桌面上，成为一小片淡淡的彩虹光，这让我吃惊不已。钟面和桌面的彩虹两相映照，构成一个极为奇特的图案。我想起这是我小时候经常梦见的一个情景。小时候做过的所有的梦我都忘记了，唯有这个梦还异常清晰，这是我扁桃腺发炎的时候做的梦，梦见七色的彩虹像花瓣一样开放在全黑的背景前，这个梦一次次地出现，我不知道意味着什么。我十岁那年县里来了一支北京医疗队，其中的一个姓黄的大夫以割扁桃体闻名，我妈就让黄大夫替我把扁桃体割掉了，从此以后就再也没做过那个熟悉的梦。

现在事情已经过去多年，却出现一个叫做天秤的男人，送给我一个黑色的钟，这钟在夜晚重现我幼年时的梦境，这其中肯定有某种神秘的关联。

都噜

关于都噜我知道再也没有什么好说的了，因为我认识她的时间并不长，前后加起来还不到一年，而现在她已经办好签证飞到美国去了，世界变得越来越不可思议，事情变化的速度使人连眨眼的时间都没有。想当初都噜出国无门，曾经跟我策划过各种恬不知耻的方案，说要打老头老太太的主意，选一个节假日到游览区守株待兔等老外，最好是出现一个走路摇摇晃晃的白发老太太，先由我上去使绊子把老太太绊倒在地，这一绊必须非常讲究，要绊得不早不晚不轻不重恰到好处，而且不能让尤其是不能让那老太太看出来。都噜认为这一重任只有我才能承担，因为我比她稳重。这一稳重的绊子使出之后，就该都噜上场了，都噜天生就是一副善良可爱的小女孩样子，这种外貌上的欺骗性将使她终生受益。她伶俐地奔上去把老太太扶起来，并且用英语问长问短，事实上都噜的英语还到不了问长问短的程度，都噜是个喜欢夸大事实的女孩,这样一个小节问题我们可以原谅。接着那位美国老太太大为感动并且恰好想起自己无儿无女需要人间温暖,于是决定将都噜收为干女儿,这样就一切都解决啦。都噜兴奋得两眼发光两颊潮红,最后还很讲义气地想起来说:我到了美国一定把你办过去。

都噜后来还想过一个先到索马里再去美国的曲线计划,因为本省农学院有一批来学水稻的索马里黑人留学生,都噜曾经跟其中的三位跳过舞。据都噜说,他们对都噜小姐都很感兴趣,如果都噜跟其中任何一位相好,另外两个一定会把这个得意的幸运儿揍扁。我不能一开始就制造涉外流血事件,这样就哪都去不成了,都噜决定收回这一方案。

事情在一天早晨忽然变得非常简单,当时我正在熟睡之中梦见一群黑色的鱼在红得像铁锈一样的水里笨拙地游泳,疲惫不堪,我觉得我很不耐烦地等待着它们,等它们死去或者跳出这洼乱糟糟的水,这时我听到一阵猛烈的敲门声像无数个开水瓶同时爆炸,都噜在一堆噪音中像朵心花怒放的蘑菇云出现在我的眼前,她大声喊道:我要去美国了!

应该承认,都噜的确是连上帝都喜欢的女孩,就是有一小部分这样的人,你毫无办法。她那天得到消息,她的三个男朋友中的一个奇迹般地考上了在洛杉矶的加利福尼亚大学和宾西法尼亚州的匹兹堡大学,这位个子矮小举止笨拙的生物系才子以两所大学击败了他的对手赢得了都噜的爱情。

吉和女人

　　吉躺在天井暗绿色的青苔上，绿色滞重的湿气从地上墙上四面的青苔里喷涌而出，指甲花的叶子黑色发亮，像许多女人的眼睛。吉瘫在青苔上，它的脸上是一副吃惊的表情，嘴巴张开着，僵硬不动，眼睛古怪地正对着指甲花，但它什么也看不见了，仅剩的几朵粉白色指甲花已经下垂，没有汁液。吉的毛发上被染过的淡红色已经褪尽。

　　女人最后站在天井里。黑夜浓重地降落在青苔上，吉雪白的绒毛在暗夜中鲜明地突现出来，闪动着异常的微光，闷热的风无声潜入，白色的毛发隐隐飘动起来。女人突然轻轻叫了起来：吉，吉，你冷吗？她迟疑地走近这堆白色的东西，好像不明白它怎么会在这里，她蹲下来，小心地用手指拨弄吉的绒毛，吉僵硬不动。女人说：吉，吉，你怎么了？你死了吗？你真的死了吗？她像烫手似的把吉翻了个，吉的身躯冷漠地躺在青苔上，它的眼睛若有所思地开着。

　　女人觉得空气中有许多鬼鬼祟祟的暗笑声，它们像多节的手指从四面的青苔缝里缓缓伸出，绿色修长。她口里喃喃地混着一些自己也听不懂的话。突然她在指甲花丛底下看到一条柔软黑色像蛇一样的东西，在月光下泛出一些丝质的光泽。女人一把把它抓起来，一种熟悉的手感像闪电一样瞬间传遍了她的全身，这是她的缀有金线的黑色真丝围巾，上面沾着一些白色的绒毛，它们零散不堪，像枯萎凋零的白色指甲花瓣。女人一下记起了自己干的事，她猛地抖开这黑丝围巾，围巾中段布满了密密麻麻杂乱无章的皱褶，在月光下隐隐可见，活像一张狰狞的鬼脸。女人隐约听见吉最后的呜咽声，既像撒娇又像哀怨，令人心碎。她把长蛇般的黑丝巾围在吉的脖子上，吉像个安静听话的孩子，它甚至还冲女人晃了晃尾巴，女人对它说：吉，你没有疯，是吗？你没疯，他们说你疯了，但你没疯，我知道你没疯，你是好孩子。她抚摸它的头和背，吉再一次伸出舌头舔女人的手背。

女人说：他们会把你打死，打成一团烂泥，你躲在我床上他们也会把你找出来，他们会打你，他们很脏，他们的刀也很脏，棍子也很脏，我不会让他们碰你，他们会用棍子戳你的嘴巴，戳你的耳朵。女人说完就在吉的脖子上打了一个结，她两手揪着黑丝围巾的两头，拼尽全力狠劲一勒，吉发出一阵窒息的闷响，女人又鼓起劲，把吉倒提着挂在天井墙壁上伸出的木钉上。

女人蹲在天井的青苔上，她捧着黑丝围巾拼命闻它的气息。早年那个美丽清纯的年轻女子的气息混合着吉的雪白的绒毛从黑色的深处缓缓升起。指甲花腥甜的气味像四散飘飞的纸线纷纷落到女人的头上。女人困惑不解，她不明白为什么还会有指甲花的气味，她茫然地看看四周，月光照在天井上，一层明澈的清光。女人迟疑地站起来，她一眼看到青苔地上她自己瘦长清晰的影子，这影子随着女人神经质的晃动而动作，变形怪诞像一个鬼影。女人惊叫起来：吉，阿兰——

哑姑娘阿兰后来披着一张被单光着脚从燃烧的房子里冲出来，她对问她的人打着手势表示，她什么也没听见，她看见火光像烟花一样冲上来，浓烟灌到楼上从门缝和打开的窗户逸入。哑姑娘跑到大门外还在大声咳嗽。

火焰像洪水的波浪从斜构的屋顶滚下来，顷刻连成一片灭顶的光亮。火焰扭动着身躯疯狂地舞蹈着，在黑夜的背景中像一张狂笑着的人脸，浓黑的烟忽前忽后，如同披头散发的女人，火光中发出沉闷的嘶哑的清脆的爆裂声，听起来就像奇怪的鼓掌声。

多年以后有人说，那天晚上当火光冲出屋顶的时候伴随了一阵异常的女人的歌声，那歌声声嘶力竭，充满激情和生命，就像多年以后在中国大地上广为流传的某些歌曲。但说这话的人当时并不在场，她只不过是得了臆想症，或者像她自己所说的是本世纪最后一位浪漫主义者。

以上是将来要发生的事情，在未来的一天一定会发生，我担心它们会发生所以写在这里，这样反而心定了下来，我想最糟的结局无过于此了，一个人只要能把最坏的结局想明白，也就不会老是患得患失了。

子弹穿过苹果

有一天我忽然想起来要构思一个暴力故事,那场面鲜血淋漓,异常绚丽,紧接着还有大量刺激性的细节,刀片划破眼球,流出紫色的浆汁,舌尖上品尝汽油的味道,等等。总之让人联想到写这篇故事的是一个年纪轻轻不学好的男孩,血气方刚,精力过剩。然后,我才从窗帘的背后隐隐探出一张女人的脸。

这个暴力故事跟一个马来种的女人有关,我相信她已经死去多年,她死的时候跟我现在一样大。关于她我从来没有问过我父亲,因此直到现在我还是不知道她叫什么名字。

十四岁那年夏天的一个傍晚,我和文秋下河洗澡。刚下过雨,河水涨得厚厚的,很浊,文秋说不怕,于是我们互相揪着衣角探下水去。河水凉凉的一下贴上来,先是小腿膝盖大腿,接着我们一脚踩到一个坑里,只觉得呼的一下肚脐一片冰凉。我和文秋两人大呼小叫,声音一尖一钝,配合到位。我们在齐腰深的河水里蹲下身子做游泳状,水重重地兜在裤腿和衣袖上像绑了沙袋,我才想起刚才只顾下水忘了把裤腿和衣袖卷起来了。

文秋很沉稳地挽着衣袖,我坐在沙子上,河水顶到下巴,我的头发在水面上荡着,头发根凉凉的,这时我看到文秋的蓝花衫紧紧贴在她身上,她胸前两枚番石榴大的半圆凸出来。这是我以前没有看到的,我有些吃惊,赶紧低头看自己的身体,我的衣服被水鼓得满满的,河水在我的皮肤上来回抚动,有一种说不出来的感觉。

我们本来要在船上换衣服,那上面围了个竹篾席子,但我们起来的时候那船已经远远地停在上游码头了,其他船都停得不近,我说:跑回去算了。文秋揪了揪前胸的衣服说:跑吧。于是我们抱着肩膀湿淋淋地从街上跑过。

这样的事情往年我们也干过多次,只消两分钟就能跑进家门,是很方便的事情,往年我们边跑边大呼冷死了,一路上咋咋呼呼然后一侧身闪进家门口,还探出头来望望。但这次我觉得衣服粘得特别紧,全身有一种裸露的感觉,我扭头看文秋,她双臂抱得紧紧的,上半身有些僵硬,但她的腰被湿衣服裹着,又细又软,很光滑地一览无余。我觉得脚板踩在砂石上特别疼,似乎人一长大脚底的皮也变薄了。

进家门的时候我父亲正用一个煎药用的瓦罐煮颜料,屋子里弥漫着一股浓烈的蓖麻油的气味,我猛地吸了一口,立即觉得闷闷的头有些晕。我直到厨房找木板鞋,这时身上的衣服已经接近体温，不那么凉丝丝的了，我放松双臂，两只脚往木板鞋一挂，嗒嗒地走到天井。把头探进水缸，重重地舀起一勺水，我把水倒成一道水柱，脚面上飞溅起匀称好看的水花，沾在脚上的泥沙倾到了天井的青苔上，脚丫子爽爽的。

然后我就到厨房的凳子上拿衣服，这时我忽然看到父亲正盯着我，他的眼睛被松木枝的火烟熏得红红的，使我冷不丁吓了一跳。我说：爸，我去换衣服。

他不做声。我转过身的时候听见他说：怎么会像她的呢？我大声地问：什么？他说：你还不赶快换衣服就感冒了。

我父亲当时肯定是从我湿漉漉的身上看见那个马来种的女人了，从不成熟看到成熟，从具体的形看到抽象的神，这是我父亲的本领，我的本领是在当时就预感到我父亲所说的她不是指我的母亲，而是指那个女人。我长得的确不像我的生母，无论从哪个角度看都不像，我母亲是北方人，我只见过她的照片，她现在也许还活着。我常想，我总有一天会找到她，至于找到她干什么，我心里一直比较模糊，我对她没有感情，既不爱也不恨。我长得也不像我的父亲，这真有点不好说，我十岁那年看完《红灯记》，曾经追问父亲我是不是他亲女儿，他凝视了我一会儿才说：是啊，是亲女儿。这中间的停顿使我不太放心，我一连琢磨了好几天。有天我走回家，看见父亲正专心地往煮沸的蓖麻油里加一小块饼干，他全神贯注，将饼干一点点掰进去。我知道这时候最好不要搅乱他，我从房里进进出出，拉了几下电灯开关，又到天井里走了一圈，用脚来回搓地上的和墙根的青苔，希望因此滑上一跤。但我走在青苔上稳稳的，连肩膀都不侧一下，我只好又去看我父亲的颜料锅，这时候饼干已经溶化在蓖麻油里了，我父亲一副心满意足的样子，趁他微微闭着眼，我赶紧问：爸，我为什么长得不像你呢？也不像我妈。

他的两道眉毛跳了一下，然后看定了我说：这很简单，你不像我，但你有可能像我的爸爸，或者我爸爸的爸爸，懂吗？

直到我父亲去世，我再没问过他这样的问题。这的确不是件需要大费笔墨的事，既简单又没有什么价值，但这只是问题的一半。我相信尽管我父亲知道隔代遗传的道理，他也不能不感到困惑，因为我不像父母倒罢了，偏偏酷似那个马来女人，这种相似从我十四岁开始越来越明显，如果我父亲现在还活着，看到我三十岁的样子，他一定会大吃一惊。

我父亲的脸给人一种冷飕飕的感觉，小时候我经常想，只要把手贴近这脸，手心就会感到一阵慢慢散发的凉气，就像手上湿了水，被一阵均匀的风吹干。我发烧的时候试过一次，我让他俯下身，我把手掌贴在他有一颗黑痣的那边脸上，果然有我想象的那种风吹的感觉。

我那次烧发得很奇怪，连续三天三夜高烧四十度，到第四天才好。这次高烧奇怪地改变了我皮肤的颜色，我本来很白，这可能跟我的生母有关，她是北方人，但是从那天开始，我的皮肤变成了一种很纯粹的橄榄色，就好像我的皮肤天生就是这种颜色，从来没有白皙过。现在我已经很适应这种肤色了，无论我走到哪里，总有人问我是不是越南人、泰国人或者印尼人，或是中印混血儿，橄榄色使我的皮肤带上了一种独特的潜质，一种难以言说的质感。

那年我五岁，夏天刚刚开始，我身上就长满了密密麻麻的痱子，又红又痒，而且一反常态地迅速蔓延到我的全身，额头、脖子、胸口、背脊、屁股、大腿，全长满了，就连我的眼皮上也密密地长了一层，像是哭肿了眼睛。我身上这层厚厚的痱子在几天之内布满了我全身的每一寸皮肤，使我觉得自己新长了一层皮，这皮硬得像糊了一层糯米浆，我用大拇指的指甲用力掐也掐不疼。文秋的外婆说我肯定是踩死过小癞蛤蟆。这是报复，你得忍着，她说。我天天躲在家里，看着身上的痱子一层又一层地推上去，我父亲除了不停地用温水给我洗澡以外，没有别的办法。

傍晚的时候来了一个老女人和一匹毛发稀少的狗，这狗的脸长得像猫一样，我一下子就把它记住了。那阵我恰好蹲在后门抓痒，忽然听见一阵狗喘气的声音，我歪过头，一眼就看到了一张微笑的狗的猫脸。多年以后我在大学图书馆里看到一本关于狗的品种的书籍，从上百张不同品种的狗的照片中，我很容易找到了这种长着猫脸的狗，图片下的说明文字写着：暹罗狗，体格矮小，毛发稀疏，面部多皱纹，性情古怪，寿命极长，善捕鼠。看到最后，我忽然茅塞顿开，这种狗阴险地长了一张猫脸，原来是因为捕鼠的需要而进化出来的结果。

当时我觉得这只狗很亲切，因为我从来没有看到过一只狗会发出像人一样的微笑。后来在我发烧的时候还梦到了这只狗，我父亲用那老女人弄来的树叶熬了一大锅又黑又黏的液汁，我用这黑汁洗了澡的当天晚上就开始发烧。

我躺在床上，听见天井里的风在青苔上刮得团团转，它们滑滑的黏黏的从窗口和门缝进来，热乎乎地拥进蚊帐，像张很厚的大棉被压着我，我使劲一蹬，风们就滑到我的后背，把我像气一样托起来，这时候就比较舒服，身体轻得像空气，软得像蒲公英，而且我总能在我的额角上看到一些彩色的光斑，有时候是一片红光斑呼呼地过去，有时候是一片乱云闪烁的五彩星星，比较难受的是额顶被一团乱麻压着的时候，半天不动，间或闪出一张似曾相识的狗脸。这时候我觉得头疼，觉得头壳要从中间断开了，飞溅出粉红色的脑浆，像真正的番石榴瓤一样。接着额头上一片冰凉，我知道我出汗了。

后来我又有两到三次见到这匹猫脸的暹罗狗，它风采依旧，仍然给人一种微笑的错觉。它跟在那个马来女人的身边，当然不是那个老女人，而是年轻的，我猜想她们是母女俩。

我父亲对我的橄榄色皮肤很欣赏，这是我从他的颜料锅和磨石上发现的。从我懂事开始直到我父亲去世，他一直孜孜不倦锲而不舍的就是这两件事：煮颜料和磨颜料。我父亲对颜料的重视程度跟老木如出一辙，不过老木并没有像我父亲那样几十年如一日地制作颜料，他只是下断言说：中国的油画不行，颜料就赶不上人家。那时候我刚认识他，我认识他的时候我父亲去世已十几年了。我父亲做梦都想制成一种具有神力的颜料，就像一旦有了他神往的那种颜料，闭着眼睛往画布上挤就能成为一幅惊世之作。我从小就知道，要画画就得自己动手制作颜料，不然就不画，因为我从来没见我父亲画过一幅完整的画。

有一次我以为他差点要画了，结果还是没有。

那天我跟父亲去挖防空洞，我们沿着河岸走，太阳和风都很大，大朵大朵的木棉花开得满树都是，风一吹，就像生了火一样，一跳一跳，隔一会儿"叭"地掉下一朵，落到河里的则一路漂浮着，沾了水，被阳光一照，又红艳又晶莹，与水面的光斑闪烁到一处，好看得不得了。目光顺着水面的木棉花往前漂，河的拐弯处是天蓝天蓝的颜色，远远看去，水和花都是蓝的了。我在岸上看花，没听见一点声音，满耳朵都是静静的。然后我绕着树根走，吹落在地上的木棉花几步一朵几步一朵，艳红艳红的一点泥土不沾，异常洁净，引得我很欢喜地捡起来，满满地捧在手上，很近地看，又放到鼻子下闻，很快就腻了，总觉得手上的没有河面上漂的好看，于是高高地往天上抛，望着一大朵木棉花划着漂亮的弧线跌到河里，等到漂远了看不清楚了，又赶紧拾起一朵，再抛。

我入神地看着水面上的花的时候，那匹狗跑来了。这匹古怪的暹罗狗使我想起了父亲，于是回头看他。我一回头，先被太阳晃了一下眼，接着就看到一株异常高大的木棉树，一半是蓝天，一半是火焰,临河的那半边是天一样的蓝色,另半边是火红的颜色,树底下站着那个橄榄色的马来女人,她正在跟我父亲说话。

多年以后我还能一闭眼睛就鲜明地看到这幅图画,但这个画面上从来没有我父亲,站在这树下的是那个马来女人和那匹古怪的暹罗狗,她们站在木棉树下就像她们正是这株美妙的树生出来的,她们天然地站在那里,我父亲的形象当然是毫不谐调的。

我父亲神情严肃而且是个矮个子,虽然我从小跟着父亲相依为命,但我对他没有产生过什么超出常规的激情,也就是恋父,我想我没有过,但老木断定我肯定有很强的恋父倾向,要不绝不可能在当初只凭一个煮颜料的瓦罐就如醉如狂地爱上他。不过我认识老木确实是因为我那天走过一条很多门的走廊的时候,准确地闻出其中的一个门内飘出沸腾的蓖麻油的气味,我当时已经十几年没有闻到这种铭心刻骨缠绕了我生命中最早那十几年的油味了。小时候,我家所有的家具包括被子蚊帐书籍水缸的水天井的青苔洞里的老鼠无一不沾上这种油味,我对这气味熟悉得就像自己嘴里吐出的口水。我父亲死后我插过队当过泥瓦匠又上了大学,这种气味早就消散殆尽了。我在走廊上不由得停了下来,心里一时觉得好像有点什么事或者是人喊我的名字什么的,这时一股更浓烈的油味飘了过来,我开始明白我这样傻乎乎地站在走廊中间是准备敲开这扇毫无特色的门。

老木当时正在煮的是亚麻仁油,并不是我认为的蓖麻油,不过这没什么,我们照样认识了。

我很久以后才明白，亚麻仁油和蓖麻油是很不同的，我父亲如果当时认识到这一点，说不定真的能炼成一种奇妙的调色油，从而成为大师，但话说回来，我家乡那地方只长蓖麻，不长亚麻，直到现在也没有见过亚麻是什么样子，于是去查了《辞海》，居然没有插图。但老木知道应该煮亚麻仁油并且只用亚麻仁油来煮，是因为一个名叫克劳德·伊维尔的法国人。

但我父亲怎么可能碰见一个法国人呢？他碰见的只是那个马来女人，我们家乡离越南很近，我不知道她是不是越南人。

她好像叫蓼，或者是鹩，反正是接近于"了"的那个音。

蓼站在木棉树下，看见我走过来，就扭头看我，我发现她的眼睛有点斜，像一种奇怪的鸟，她却说：这是你女儿吗？她的声音有点喑，像冬天没有落下来的叶子，这也让我感到奇怪。

我又听见她说：她的皮色真像我。同时我觉得头发被她轻轻揪了一下。

自始至终我父亲不说话。暹罗狗也很安静。后来我父亲说：走吧。

蓼就放了我。我走路的时候回过两次头看她，我只是出于好奇，想看看她到底还在不在树底下。我印象最深的是她脸上的橄榄色闪着一层很亮的光泽，让我想到她把周围的阳光全吸到她脸上去了。

我父亲有些恍惚，有好几次踩到坑里，积水飞起好看的水花，他视而不见。不过我父亲神情恍惚的时候是很多的，这不能说明是为了蓼,我父亲年轻时在外面读了书见了世面,现在七搞八搞的只当个小学教师,因此只想发奋制出一种世界一流的颜料,这是让任何人都没有什么好心情的。

即使像老木这样年纪轻轻的就当上了艺术学院的美术系教师,也还是牢骚满腹,认为生活没有意义。这是厌世的一代。那时候年轻人聚在一起,哪怕是给谁做生日,也要说上几句空虚无聊,不然就像是落伍了。热情向上是我父亲那一代的事,越往下就越是暮色苍茫,二十世纪是一棵越长越干的树。

因此要有暴力故事,不然怎么够刺激,于是我开始拿起那片刀片,我已经睁着眼在黑暗中看了很久了,我把那刀片看得成了精,紫荧荧地闪着薄薄的光,很妥帖地游到我手上,我毫不犹豫地用三根手指捏住刀片,指尖顷刻流淌了一种握住活生生的鱼身的感觉,心尖上一惊,但手上还死死地捏着那冰凉湿润的东西。我注视我的手腕,像一片荒原,荒原这个词也已经被用滥了,但是手腕还是完好的,暗蓝色的血管隐隐浮动,清晰可辨。

只要把刀片压住。

再一拉。

腥红的血就会很美丽地飞到白墙上,中间一道流星般奇妙的弧线,又灿烂又优美,足以消解所有痛苦。晶莹透明的鲜血顺着墙抛下来,火树银花,然后溅到脸上,眼睫毛一片腥红,像一只红色蝴蝶抖动垂死的翅膀,我将拿起镜子,看这最后的一幕,瞳孔放大,像慢镜头的黑色花蕾缓缓开放,裂开无声的嘴唇,父亲，你好，我来了，正在穿过幽长的隧道。父亲在一反常态地微笑，不像他所遗留下来的所有照片，因此父亲你不真实你神秘莫测到底笑什么？我透过放大的瞳孔看到后脑勺的头发依然茂盛浓黑充满欲望，它们每一根都被彻底爱抚过，那你还要什么？那个马来女人的身影若隐若现，她的长发拂过我失血的脸。如果是她，这一刀是会毫不犹豫地拉开，喷出真的红的新鲜的血来。

至于我为什么要来这么一下，这事老木知道，老木那时已经变得很厚道了，他不会乱说，因此我很放心。

我还在看我的手腕，淡红的血流尽，皮肤透明如水，可以看到像珊瑚一样的白色骨骼，细长柔软，像退化的虫子。刀片也在退化成一片弱纸，爱情退化成游戏。我便没有真正捏住那刀片，它蓝荧荧地守在抽屉里，没有真的血。

这是一个洒脱还是不洒脱的问题，洒脱就是不要在乎，该吃饭吃饭，该睡觉睡觉，等等，就是说，把那份轻松玩得更轻松。

还是说蓼。蓼如果走在北京的街头，会是一个美得很奇异的女人，她会从周围满街细皮嫩肉皮肤白皙的女人中强烈地凸现出来，一下子就有了一种反差强烈的美，当然这种美不是人人都能发现的，首先要对色彩很敏感，看见橄榄色会眼睛一亮，同时要会欣赏性感的嘴唇，这大多数是美术学院的学生。蓼当然不可能出现在北京的街头上，她生前恐怕只是到过我们家乡的县城，因此她的美貌便淹没在那片亚热带的绿色中。后来我在人多得像沙子的王府井大街上走，被两个一胖一瘦的女孩子截住给他们全班当模特儿，那胖女孩叫球，瘦女孩叫片。后来我们到了美术馆东侧的那条小街，因为天上没有太阳，所以人就不太多。球一边倒退着走，一边眯着眼睛歪着头打量我，那时我们已经很熟了，球已经知道我三十岁（球说这很吓人），来自中越边境的一个小镇。现在已经不打枪了，我来北京不为什么就因为北京是北京等等。于是我说：球，你的身体平衡能力是很好的。球继续倒退着，很有把握地说：你知道吗？你很美，极有特点。听了她这话我就扭头看片，看看她说的是谁。我觉得片真美，真是极有特点，瘦得身上的各部位都显得飘零，无枝可栖，隐隐约约，总之是瘦得相当精彩。但是片微笑着望我，有些深不可测，神秘兮兮的，我把这也看成了片的美的组成部分。但是片说：她现在说的是你。

　　我有些吃惊。我吃惊的时候往往不开口表示什么。然后我就像一个婴儿一样很顺从地坐到了一块会转的木板上，好几分钟以后我才适应这块晃荡不安的木板，这时我发现我的周围摆上了一圈装着黏泥的脸盆，比我年轻一半的孩子们开始用泥来捏我，他们像盯着一只陶罐一样地盯住我，然后又用盯我的目光盯着他们各人跟前的木架子，心不在焉地把一团巧克力颜色的黏泥按在木架上，某甲说往左边转一转，我要捏她的眼睛，某乙说往右边转转，我正在捏她的辫子。巧克力的颜色逐渐稳妥起来，凸凸凹凹地开始有了眉眼，我有些悲哀地看着自己从脏泥中一点点成长起来，每一个"我"都背对着我，一言不发。

有一个天分很足的小男孩踢了一脚盛泥的脸盆，同时振臂一呼：我好了。他迫不及待地把"我"的泥脸转过头来给我看，果然形神兼备，很有光彩，怪不得球在大街上一眼就把我看中了，如果我没有光彩，小男孩当然就比较困难。当然，我经常产生妄想，以此来取悦自己，这是我的嗜好之一。我想这一嗜好跟蓼有关。

蓼说她是泰国某公主的私生女，她身上有高贵的血统，总有一天，公主会把她领回去。我不知道这到底是蓼的妄想还是我的妄想，但是这一情况对我没有什么好处，我不是蓼的女儿，她的血流不到我的身上来。那么是蓼的妄想，但蓼是不是确实跟我说过类似的话呢？我一点都不能肯定。蓼的长头发在水里漂漂荡荡，像河中的水草，这样的印象倒是异常明晰。

小男孩扬起一张湿过水的脏布，将"我"的头彻头彻脑严严密密地裹了起来，还用一截尼龙纤维在脖子上扎了一下。他小心将"我"端到教室角落的书桌上，他隔着布看了"我"一会儿，说：明天交作业。直到我走到外面的阳光下还久久感到那块脏布的湿润，这比我坐到转板上凝视着她时感到的还多。阳光下的湿润是亚热带的丛林气息，就像蓼的身体经常散发出来的气味，她用手掌抚摸我的头发和脸颊，我的眼睫毛就会感觉到一层薄荷般的清凉，湿漉漉水蒙蒙的，我禁不住微笑，微眯着眼睛，就像尝到一种甜中带酸的果酱，我透过坠着雾气的睫毛看青草和树叶晃动的影子。

这就是蓼。

我最后一次看到蓼的时候发现她的右耳垂只有一半,她是在什么时候失去这一半的,是在一开始我在木棉树下看到她的时候还是后来,我一直没有搞清楚。她的两耳挂着两只像山楂那么大的金耳环,纯金的颜色像秋天的太阳那么明亮悦耳,想起这耳环的时候我往往能听见某种名贵的鸟的啼叫,又奇异又华丽,周围的空气一下子变得纯净湿润。这是我记忆中的声音,我的记忆往往不可靠。蓼远远地走在河堤上,她赤着脚,她的双耳一闪一闪翻腾着夕阳的亮光,她全身忽闪着,像一个湿淋淋从河中央钻出来的河精。她右耳上的耳垂和耳环到哪里去了呢?她的左耳孤零零地闪着单薄的光。失去了右耳垂的蓼仍然微笑,仍然赤着脚走过吹落花瓣的河岸。

我曾怀疑父亲收藏了另一只金耳环,没有挂在耳垂上的耳环常使我产生各种联想,孤独、无枝可栖、一枚离开树体的新鲜叶子滴着乳白的汁液等等。我并不想成为这样一只耳环,当耳环是很悲惨的,尤其是这样一只。

一个失恋的女人当然不可能写出什么幽默的文字,她首先想到的是杀人或是自杀,古今中外的文学艺术都是这样记载的,爱情能要了女人的命。女人的命如果不跟爱情搅在一起就价值不大,我想蓼早就直觉地知道了这一点。

她问我父亲:为什么这么久不过河?

我父亲说:我病了。

蓼说：我会医病。

我父亲说：不用。

我父亲说完就到厨房里煮他的颜料，蓖麻油的气味顷刻间涌进蓼的眼睛，蓼觉得眼球有点辣，像切葱花时眼睛的感觉。她坐到厨房角落里的一堆劈柴上，一直不说话。蓼身材很丰润，曲线突出，这点我跟她毫无共同之处，太阳光从屋顶的玻璃漏下来，圆圆地晃在蓼的身上，阳光一点点移动，从她的脚尖到胸前，再到头顶到背脊，然后就斜斜地映到墙壁上了。

我父亲装出一副专心致志煮颜料的样子，但是实际上他越来越心不在焉，这点蓼不用看我父亲就感觉到了。女人都有这样的本领，正如船长应该天真，而水兵应该机警，女人应该既盲目又敏锐，我已经到了蓼当时的年龄，这些我都知道了。

最后我父亲看着蓼的肩膀说：我女儿已经长大了。蓼还是不做声，我父亲又说：我不愿意让她难过。

蓼说：我不管。

蓼说：她还没长大。

这离我后来和文秋下河洗澡湿淋淋地跑回家发现衣服死死地贴紧胸腰猛然悟到自己已经长大的那一天还有好几年。几年以后蓼永远消失了，她消失以后我才长大，我长大时父亲就有些变态了，不过他还是那样日复一日年复一年地煮他的颜料，他始终没有煮出名堂来。我父亲没有熬出绝妙的颜料使他对蓼怀有一种复杂的感情，他认为他事业上一无所成主要是因为蓼的骚扰，但同时他又觉得如果他既熬制不出好颜料又没有女人那就惨到底了。但是得到的总是比不上得不到的。只要蓼在我父亲跟前，我父亲就会觉得蓼没有颜料重要，因此他常常把蓼置之不顾，独自陷入颜料的沉思之中，这种沉思如此专注，以至于蓼认定他是想念另一个她不认识的女性。

这些都不重要。

关键的是蓼后来自杀死了，虽然父亲从来没有告诉过我这事，但我对这点向来很肯定。蓼从那条铺满残败的木棉花朵的河岸上消失，猩红的花朵在远处变得蔚蓝宁静，这是一个充满诗意的结局，没有什么结局比这更好了。一把暹罗式的铜柄刀被一块岸边的朱红砂石磨得水光潋滟，刀锋一次一次缓慢地在绸缎般的水面上激起优美的水波，那根橄榄色皮肤的手指抚摸着星光闪耀的刀身，水中的倒影动荡不安，一只红色的鸟孤独地飞过。蓼的血消失在河流里就像炊烟消失在空气里。

有一天我在街上碰见文秋，我已经十年没有见过她了，她一点都没变，也就是说，她三十岁跟二十岁的时候一样。我那时候心情恶劣，我大多数时候都心情恶劣面无笑容，对他乡遇故知这样的事情缺乏精神准备，因此当文秋已经认出我而且做出惊喜的表情时我仍然很茫然，甚至可以说有些迟钝。

文秋一边走路一边警惕地看着我，我忽然想起十多年前上初中的时候文秋在校宣传队扮演李铁梅的样子，她的红布衫在远处的宁静中荡来荡去如同一只奇怪的风筝。

文秋说我知道你一定能理解我。在所有的同学中就你能理解我了。

我有些糊涂，问她要我理解她什么。

文秋又很仔细地看了我一眼，才说：我以为你知道我的事呢。

什么事？我漫不经心地问，毫无好奇心。我的好奇心就像一本写腻了的练习本，已经画满了各种线条再也没有什么空白了。

你真的什么也不知道吗？这事在县里足足议论了三个月呢！小市民。文秋一脸的愤怒却又在语气里由衷地流露了几分得意，这使我一时无法判断她的事到底是好事还是丑事。

我说：是吗？那你……

文秋忙说：现在我豁出去了，连过年也不回家。你真的不知道我的事吗？文秋看看我，斟酌着怎么告诉我关于她的这件轰动县城的事。

又走了一段路，我们已经走到了一家新开的商场门口，她忽然问我：你结婚了吗？我说没有。她于是又不吭声了。

直到我们站到床上用品的专柜跟前我才悟出文秋的事大概跟结婚什么有关，于是我就问她刚才问我的话：你结婚了是吗？我想她一定早就等着我问她这句话了。

她说：没有。

我终于有点好奇了，我无法想象文秋除此之外会有什么壮举值得镇上的人们久谈不衰。

直到半年以后我才知道文秋的"事",我问她那天在街上为什么不直截了当地告诉我,她说:一开始我就想告诉你,后来走着走着就不想说了。

那个男人比文秋大二十三岁,他的妻子和两个儿子均在本市,他和文秋住在城市的另一个角落,他们在那里有一间房,修了淋浴间和厕所,根本用不着出门,文秋说。他们这样已经住了两年,男人至今没有离婚。

这是个私奔事件。文秋的户口和工作都不要了。文秋原来是县中学的音乐老师,生活稳定,一切都好。文秋对那男人崇拜得五体投地。

文秋对我说:我越想越觉得干这类事的应该是你而不是我。这使我一下子想起老木,老木也说过类似的话,他说我适合嫁一个比我大得多的男人,只有这样,我才不会歇斯底里。

总之大家都认为我有严重的恋父情结。再就是我父亲已经死了,我应该找一个能当父亲的人当丈夫。

其实谁都不知道我跟我父亲到底是怎么回事,除了蓼,蓼的眼睛像猫一样在黑暗中也能闪光,蓼是女巫。女巫揪住我的头发,她的手一碰到我我就感到一阵湿漉漉的雾气堆到脸上,有一股薄荷的气味从头顶一直下来,这是很舒服的,因此我并不害怕蓼。蓼盯着我的脸问我:你喜欢长大吗?我说:我现在还不够大吗?我都八岁了。蓼说:你以后要长到像我这么大,那才算是长大。我说:像你这么大好不好呢?蓼说:不好,跟我一样不好。

现在我热衷于给人看相,热衷于到地摊上搜罗各种版本的相书,无疑跟蓼的早期启蒙有关,但我不是女巫而蓼是,这是我们天然的区别。蓼说:你爸想你快长大,但你一长大他就死了。蓼丝毫不忌讳"死"这个字眼,所以她的死是很精彩的。她的死让我久久地难以忘怀。

蓼的死,是烙在我的皮肤上深深的指甲痕,是黑夜里的雪白衬衫,是挂在屋角的一罐水的记忆。蓼的死是一片陈年的树林,我是这林中的惊弓之鸟。我常常在深夜里想着蓼和她死的方式,一直想到那条暹罗狗从黑暗中把它的长须触到我的脸,这时我就会感到心里空空地拥着一团视死如归的念头,脚底心顷刻就热了。各种各样血色的幻想一一闪过,刀片被我众多的念头所磨蚀,但是从来没有真的血。鲁迅说:从血管里流出的都是血,从水管里流出来的是水。反正是这个意思,根据这条语录我可以做一个梦,梦中我用那把仍然很锋利的刀片像切豆腐一样切开手腕,马上就可以看到一根细小的透明管子弹出来,自来水迅速地溅到我的脸上,像紧肤水一样凉爽,一只发育不良的虾被水冲出来,迟钝地往我鼻孔里爬。这个梦我始终没做,我只是想到有可能做这样的梦。

让我再告诉你一个人人都已经习惯了因而并不以为是真理的真理,这就是:人越长大越胆小,这跟整个人类进程一样,难道原始人不正是比现代文明人大胆一千倍吗?我小时候本来不怕见到血,去年我才发现我其实患有血晕症。长期以来我很想知道孩子是怎么出生,我问过不少年轻和年老的女人,她们的描述都不能使我满意,于是去年的一个晚上我换上白大褂混进了一家小医院的产房。那天正好是我的一个熟人上夜班,为了这一目的我已经跟她混得相当熟了,反正我也没事可干,而且我已经打定主意这辈子不生孩子啦,所以要亲眼目睹一下。

我穿上白大褂后有些兴奋,于是让熟人给我找一个干净口罩戴上,但是她说没有必要,反而会妨碍我。于是我就背着手站在一旁,样子大概像个实习生,因为那产妇在脱裤子的时候不信任地看了我一眼,这我不管。

产妇的肚子像秤砣一样又硬又实,她的喊声软软地碰在肚子上像鸡蛋碰石头,应该在尖凸的肚皮上破一刀像破木菠萝一样,不然这么大的肚子怎么能通过那窄小通道。我正这么想着,就闻到一股腥甜的血味,我看到产妇两腿之间的出口处忽地跳出一汪暗红的液体,一团热气隐隐可见,来不及仔细看,头就晕了,恶心想吐,冷汗从背上和额头同时涌出,腿也软了,我神志清醒地想道:肯定是因为没戴口罩,腥,不习惯,很快就好,我又让自己看了一眼那个出血的洞,这洞口现在已经又圆又大了,我觉得眼前发黑,接着就倒下去了。

我醒来的时候躺在地上看见孩子的头发正在冒出来,我的熟人正全神贯注地盯着那撮黑糊糊湿漉漉的东西,她把我忘了。我偷偷摸摸溜到门外的长椅躺下,对面长椅的一男一女立刻扑过来,男的问:是男是女。女的问:生出来了没有。

总之这事滑稽透了。这使我想起伍迪·艾伦,我觉得滑稽的时候总不由自主地想起他,但是这次想起他并不是信马由缰,这跟主题有关。伍迪·艾伦在一部由他编、导、演的喜剧电影里置身于一个遥远的未来世界,在那个时代里,白菜和香蕉长得像五层楼那么高,而且形状色泽质地都经过严密控制因而完美无缺,但是那时候的人类除了居住在热带雨林的一支几千人的少数民族外,所有的人都丧失了性能力,他们要借助高潮机才能进行性行为,像电话亭那样的长圆形高潮机就安置在客厅里,一男一女走进去,一按电钮,两人吱哇乱叫一阵,然后满脸笑容走出来。这部电影当然没有翻过来,看电影的人们对高潮机很感兴趣,惊叹道:这多方便啊!他们全忘记恩格斯的自然辩证法了。

蓼的嘴唇的那道阴影使她的脸异常生动和富于立体感,她赤着脚在我家天井的青苔上走来走去,一点声音都没有,但你绝不会因为没有声音就觉得她轻盈,她任何时候都沉甸甸得像一扎垂到地上的芭蕉,她的乳房胀得让人估计能挤出一桶奶汁,尽管蓼从来没有生过孩子。这也是一件超出常规的事情,马来种的女人在潮湿炎热的气候中长大,性早熟,十岁不到就来月经,生殖能力旺盛势不可当,蓼死的时候三十岁,正是女人的黄金时期,在这之前大可以生出若干橄榄色的男孩和女孩,这样的蓼多完整。

不知蓼嫁过人还是没有嫁过,她好像不属于某个村落,她单独住在河对岸的林子里,这使我想起她的时候觉得有几分神秘和不真实。她没有留下任何东西，没有她的照片，我怀疑她送给我父亲的那只金耳环，我翻遍父亲的遗物都没能找到，只有一条半旧的紫红色的带暗花的丝质围巾，我翻到这围巾的时候发现上面已经被虫子咬了很多小洞，我依稀记起蓼围过这围巾，但也完全可能是我的生母用过的东西，因为这围巾跟蓼的风格不那么贴切。我的生母现在还活着，有一天我要找到她，我甚至希望她能看到这篇小说。她念的是师范专科中文系，也许至今还爱好文学，一九五七年她未能坚贞不渝地跟随我父亲下放到县城，我一点都不怪她。我想她至少还记得我的名字，我发表小说用的是真名，这名字尽管是我父亲取的，但我想我母亲一定还记得，因为他们就我的名字进行过争论，母亲说我的名字不吉利，但后来她没有坚持下去。这都是很久以前的事情了，这是一次中秋节的时候，父亲告诉我的。

我父亲从没给蓼画过完整的像，常是画到一半就搁起来了，这多半是他重新想起了他的颜料锅和蓖麻油，革命尚未成功，颜料比画重要，于是我父亲又开始了熬制颜料的漫长征途。直到他感到疲惫，或者他被蓼的穷追不舍而感动，这时他就会让蓼坐在我家厨房的柴堆上，天井的光线洒在蓼的半边脸上，另外半边脸是暗的。我父亲说这样容易掌握明暗关系，然后他就去取画架和画笔，画架上用鞋钉绷着一幅很厚的家织白布。这样的白布我家多的是，都是蓼拿来的，很可能是她自己织的，或者是她给人治病换来的。我父亲说他要画油画，叫我去找文秋玩不要打扰他，我回头看看蓼,蓼按照我父亲给她摆的姿势坐着,一动不动,神圣得像菩萨。我从来没见到过父亲给蓼画的油画像,连未完成的半成品也没见过,我猜想有几种可能,一是蓼带走了,一是我父亲藏起来了,再一种可能就是我父亲把我支走以后根本就没有动手画画,他和蓼在厨房里到底干了些什么?无人知晓,总之蓼是很喜欢让我父亲画她的,以至于她每次到我家总要坐在厨房的柴堆上,这是一个让她感到幸福的位置。

除此以外蓼对我家的阁楼很感兴趣。

阁楼年久失修,楼梯也被白蚁蛀空了,父亲每年撒六六粉都不能根治,因此上阁楼得非常小心,得挑白蚁没有蛀空的地方下脚,而这实心的地方常常只容得下半边脚,这是一项高难动作。阁楼上堆着杂物,凡是怕潮湿的东西都堆在上面,比如我父亲的旧书、黄豆、花生、咸萝卜等等。阁楼上没有安电灯,因此晚上是个可怕的地方,如果你在太阳下山以后走到我家阁楼的楼梯,一定会听见一种奇怪的声音,它们来自不确定的方向,像雾一样从板缝里弥漫出来。这是一个人的喃喃低语,凡是听到过这声音的人都这么认为,但谁也搞不清楚真是什么,喃喃低语又像诅咒又像祈祷,我至今觉得这是一个神秘的谜。小时候我问父亲这是不是鬼魂,还是别的什么发出的声音,我父亲含混地解释说这是空气流动受阻的原因,我父亲虽然解释不清楚,但我相信他心里一片明净,他相信科学、思想单纯,五十年代的大学生都这样,不像我们这一代,脑子里塞满了神秘主义思维空间宇宙共振,并且明白科学也不过是人类为了解释世界而给自己设置的另一个圈套而已。当然这些乱七八糟的玩意儿都是后来才塞进脑袋的，当时我还小，除了县城没去过任何别的地方，也没有掌握科学知识，几乎就像亚里士多德所说的那样是一块白板，没有知识的羁绊，这使我凝听阁楼上那个念咒的声音时更加清晰。我常常认为自己看见一个轻飘飘、软绵绵但又异常高大的女人，她的头发长长地拖到木板上，发出沙沙的声音。

我猜想蓼一定比我更明晰地听见那像雾一样的低语声。我说过，蓼具有女巫的特质，她有一天傍晚的时候来我家，那时太阳还没有完全下去，她背了一小卷旧白布，是给我父亲当画布用的。她在厨房的柴堆上坐了一会儿，我父亲还在煮颜料，他说等会儿他放到阁楼上。

蓼抱着粗布走到楼梯上的时候太阳正好下山，于是她马上听见来自阁楼上的神秘声音，她在楼上站立良久。她说：她死了，她还在上面，你奶奶。蓼说，她的嘴角从一生下来就歪得厉害，因此从早到晚滴着口水。她是个聪明的女人，蓼最后说。

阁楼上的喃喃低语声就像天井的青苔生长不息，死去的人们自由自在，活着的人，站在绿色的影子下，混合着记忆和欲望。蓼有时告诉我，阁楼上有一只很大的钟，是像门一样的长方形。它的钟摆一荡一荡的就发出你听见的声音，像人讲话似的。我说：你骗人，阁楼上根本没有钟。蓼说：就在那里，在你的头上。她用她指甲很长的手指指着我头顶的楼板说，当时我和她站在幽暗的走廊上，蓖麻油的气味不断地像风吹过来。我大声说：楼上什么都没有。我父亲有一次跟我讲他小时的事情，说他小时家里有一个像衣柜那么大的落地钟，是他爷爷亲手做的，这钟大得人能钻进去。我问：有门那么大吗？我想起蓼。父亲说：哪有那么大。蓼说那钟有门那么大，人一走进去就再也出不来了，再也见不着了。那不成棺材了吗？但是蓼很肯定地说：不是棺材。

阁楼上确实没有什么谜，它只不过在黑暗中发出细微的声音，如同宇宙万物。因此在我的故事中，阁楼并不是一个悬念，不存在悬念落空的问题。

老木提醒我言归正传，并说他是唯一知道实情的人，他说尽管我设计了各种各样的自杀方式，而且不时出现一点鲜血，但是最终我也没能把自己杀死，因为我既患有血晕症同时又胆小。老木说我拼命回忆蓼、追寻蓼，实际上是想成为蓼。但是通往蓼的道路已经堵塞，我这辈子别想成为蓼了。

我吃惊地看着他。他说你想知道结局，那我告诉你，杀死你的不是你自己，而是另外一个人，这事很久以后才能发生，到时候你就知道是谁了，别忘了睁大眼睛。想到我的尸体将是一副死不瞑目的样子，我心里的确不太好受。

老木其实很平庸，以上的话真不知是哪个鬼魂附身让他说出来的，老木现在已经发胖了，还要过八年他才四十岁，到了四十岁他肯定跟马季一样胖。因此对于老木这样的人，我完全可以不把他的话当真，他因为中级职称没评上，一气之下跑到一个市级文学刊物当了美编,现在他每天心平气和地给侦破、言情小说画插图,剩下的时间就在家,绘制连环画,他说他已经想开了。

想当初我凭着蓖麻油蒸发出来的气味敲开老木的门,看见他摆着一副等着女孩子来崇拜的样子。他说请进,他头也不抬,他说你喜欢绘画是吗,他说这不是蓖麻油你错了,这是亚麻仁油,是生的,我把它煮熟,还得放一片面包一个小洋葱,只有法国人才会想出这种名堂,然后用松节油把玛缔脂溶化。玛缔脂你从来没有听说过,那是一种松脂,熟亚麻仁油跟玛缔脂光油搅在一起就成了媒介调色剂,这种媒介很神,那法国佬伊维尔说它是神油。十五世纪时的凡·爱克曾经制成过一种媒介叫黄酱,因为保密而失传了,画家的颜料配方都是保密的。

老木连同亚麻仁油俱往矣,他跟我父亲可以说是殊途同归,正因为如此,我才有可能跟他谈点我的个人秘密。假如他一帆风顺而且没有发胖,那是绝对办不到的,那样的话他会以为我在搞曲线救国,变相追求他。

那个男人是谁我永远不会说,套用一句现成的口语:就当他死了。老木也不会随便说的。前面我说过,老木现在变得很厚道了,这使我放心,他是因为站在下风才这么厚道的,人一旦站在下风口就能给别人以安全感。根据老木的逻辑,既然我老觉得那男人伤害了我,为什么我不去把男人杀了或者同归于尽,而是老想着自己杀自己呢?当然这些话都是他后来说的,那时候我已经平静如水刀枪不入了,这使我以一种超脱的心情听老木讲故事。

老木讲了一个同归于尽的故事，这是一件真实的事情，当年曾经震动了鄂湘桂三省的广大地区。关于这件事的议论经久不衰，人们总是要在不同的时间不同的地点提到它。上个月我和部主任去湖南开会，顺便到新开辟的风景区张家界，因为要走枝柳线乘火车到大庸，在候车的时候主任提到了这件事，因为这事的肇事者正是修这条铁路的三线民工。主任问我听说过这件事没有，我说没听说过，主任说这件事当年家喻户晓，几乎没有人不知道的，这事使那年发生的所有事情全部黯然失色，甚至三线文艺宣传队的一名色艺俱佳的女队员上选到北京又被遴选淘汰返回途中服毒自杀的新闻也没有冲淡这件事。

这次事件死了四十八个人。四十八个人的亡灵在那条河的上空久久回荡。按理说，这样重大的事情我不会不知道，我上小学三四年级的时候经常要放弃上课，被班主任领着列队在公路两旁欢迎或者欢送三线民工。我们站在烈日下或者寒风中，有时候一等就是两个小时，我们手持红绉纸做的纸花，嘴里喊着欢迎欢迎，或者欢送欢送，那种等候的辛苦和仪式的热烈不亚于首都的小朋友欢迎外国元首。"三线"这个名词在我所在的地区深入人心，三线民工，三线文艺队、三线慰问团等等，至于为什么叫三线，我至今也没弄清楚。教师说，三线就是枝柳线，枝是湖北的枝城，柳是广西的柳州，教师说三线具有重大的战略意义，所以我们要去欢送本县开赴三线的民工。每个大队都要抽人支援三线，去三线是一种光荣也是一种出路，因为听说三线修好后表现突出的可以分配工作。因此到三线去的大多是共产党员、复员军人或是青年团员。我有一个表姐也去了三线，但我还是没听说过这桩事，直到老木告诉我，我想自己那时可能太小了。一九六九年，我才十岁。

那个肇事的民工是复员军人，也是共产党员。当时在部队都能入党，除非犯了错误。这民工家在农村，因为劳动力少，整个大队就来了他一个。他那年二十五岁，他十八岁参军时家里因为没人喂猪和上菜地，就让他结了婚才戴上大红花去公社集中，因此他的儿子都已经六岁了，他去的是工程兵部队，在部队里他一不怕苦，二不怕死，团结紧张严肃活泼，还经常帮驻地的一位五保户老人挑水，在班里一直被视为骨干力量，眼看就要提为班长了，但是有一位上级指出他讲话地方口音太重，是不是有狭窄的地方主义思想苗头，再说也不利于交流思想，于是就另换了一个。后来他辗转知道了这条意见，也没什么。人总是不能想干什么就能干什么，于是他就复员了。他在三线干的是最危险的活，搞爆破，因为他在部队干过，技术熟练，政治上又可靠，大家都觉得三线修好以后他肯定是能够留下来的，就都有点羡慕他。

同一个连队有个女民工，人长得比较白，也不算太瘦，大家都认为她很漂亮，白和胖是此地女性美的两大标准。既然大家把她当成美人，她也就比较注意打扮起来，用火钳把刘海儿烫得既鬈曲又焦黄，头发上别两个红发夹，她还对着镜子训练过一种傲气，常挂在脸上。连长让她当工程进度统计员兼连队宣传员，她每天在工地上晃来晃去，男民工觉得赏心悦目，女民工则妒火中烧，这是没有办法的事情。该女民工，有一种传说说她姓梁，而另一种说法则说她姓林，这里姑且取第一种说法。梁姓民工有一天穿了一件真正的绿军装上衣英姿飒爽地出现在工地上，把全体男女民工全都震得心烦意乱张口结舌。他们隐约觉得她前途远大也许就要远走高飞了，要知道，部队的军服绝不是那么容易弄到的，即使那位爆破手也不轻易穿他在部队留下的衣服。

梁穿的军装上衣是男式的，那时很兴年轻姑娘穿男式军装，大寨的铁姑娘郭凤莲似乎就是那样打扮的。梁的上衣经过了修改，因此很合身，尤其引人注目的是胸前的两个口袋，女性身体上最突出的地方正好把两个口袋撑得鼓鼓的很醒目，使人不由得往那地方看。梁因此很骄傲。渐渐地就有点清高起来，不大跟连里的民工打闹说笑了。

这些自然都是铺垫，老木说。

在这之前，大家都认为那个爆破手跟梁好上了。梁因为兼连队宣传员，每周必得出一期黑板报摆在吃饭的空地上以鼓舞士气。梁虽然是初中毕业，也会用粉笔在黑板上写字，但她总想把黑板报搞得漂亮些，这可能跟前途有关。于是她总要找那位爆破手帮忙，爆破手当过兵见过大世面并且还是男的，常常能使梁诚心诚意地佩服一阵。后来两人就在夜里散步，并且一起进城买东西看电影，男民工们有时酸溜溜地开他们的玩笑，梁也不计较，还微微一笑，看样子是默认了。事实上那个复员军人爆破手早就打定主意要娶梁,于是他对她隐瞒了家里老婆孩子的事情。两人山盟海誓。这些也都是铺垫,故事下面才发生。

爆破手看到梁穿了那件绿军装才猛然醒悟,梁十几天来借故不跟他单独在一起,而且还独自去了两趟县城,实在是事出有因。到了下一个休息日,那女的又没跟他打招呼就独自进城去了。

进城要乘船过渡,这是事情发生的地点,后来河面上腥甜之气弥漫不息一月不散,四十八个亡灵若隐若现,岸边的八家盲流闲散人家全数搬走,河岸上一片荒凉,青草从卵石间蓬勃地长出,新渡口移到上游两华里,民工们在路途传诵着这一悲惨壮烈的爱情故事。这是故事的余音。余音袅袅。

进城要乘船过渡,那姓梁的女民工挎着一只帆布挎包站在码头上,船来了,她跨上船。那位爆破手偷偷跟着她,他躲在不远不近的地方,他没有上船,他不便上。船开走了他很着急,他在岸边心烦气躁,想来想去想不出办法,不知道怎样才能弄清楚事情真相。渡船重新开到这岸上来了,他不由自主地上了船,也到了城里。到了城里他像只无头苍蝇转呀转,无目的地到各商场和电影院门口张望,甚至被人当了一回小偷,他恼羞成怒心乱如麻妒火中烧还是没能见着那女民工的影子,他胡乱买了一盒火柴和一条肥皂就回来了。吃晚饭时女民工才回来,复员军人爆破手正端着饭盒喝白菜汤,他看到梁如沐春风如得甘露白皙的脸蛋上布满红晕,她从人群中走过,没有跟他特别打招呼,有人问她吃过饭没有，她说吃过了不用再吃了，然后就回了宿舍。男民工们盯着她的背影议论了一番，其中不乏低级下流的想象，这并不奇怪，男人们都爱这样。只有那个复员军人爆破手阴沉着脸一言不发，心怀鬼胎的男民工们便进一步说他到口的肉被人夺了之类的话。这话在平时看来也是很平常的，决无挑衅之意，因此男民工们的玩笑开得轻轻松松，他们绝没想到，此刻复员军人爆破手饭盒的白菜汤难以下咽。于是他站起身，把一饭盒的白菜汤泼在一堆正在燃烧的火上，这堆火是伙房的人烧来煨红薯的，菜汤与火短兵相接发出轰然巨响，水与火同时消失在一阵浓厚的白烟之中。

　　复员军人爆破手在这一瞬间获得了神启，他决意要当白菜汤。主意已定。

　　人们常常要在一个自愿去死的人死了以后回想他生前的最后日子里有什么反常行为，这只不过是一种常规思维。复员军人爆破手视死如归心平气和，几分钟后他开始动手将他熄灭的火堆重新燃起，然后走到水龙头跟前将饭盒洗干净，洗得很慢，慢得让旁边的人都觉得他在沉思。在沉思也没什么不好。然后他回到自己的住处，一个篾席的棚子住八个人，他的铺在最里面。他似乎乱翻了一气，但什么也没翻出来。然后他就走出去了。他去找小梁，小梁到连部去了，同屋的女民工说。于是他就没进去，他像往常那样在空地上走，天不冷，是秋天，空地上堆着一堆枕木，他就在那堆枕木上坐下来。没多久小梁就从连部回来了。

看见她他就站起来。小梁，他说，我们一起走走吧。小梁迟疑了一下，说：天晚了，连长让她明天出一趟差，还到城里去，去买一批笔记本奖给红旗标兵。他说就讲几句话用不了多长时间，误不了她睡觉。

至于他们到底讲了什么实在不容易编出来，这是这个故事的很重要的空白部分。但有两点是可以肯定的，男的直截了当地问了女的，问她是不是还打算跟他好下去，她是不是另外有人了，对前一个问题的回答是否定的，后一个问题则是肯定的。男的让女的再考虑一下否则以后后悔来不及。女的说用不着考虑。她不念旧情态度生硬，复员军人爆破手目送她走过一片砂砾地回自己的住处，她的解放鞋踩在砂砾上，发出嘹亮的咯咯声。

于是命定的一天来到了。

梁那天恰好穿上了她昨天才在城里买的新裤子，临出门时又将床铺仔细地整理了一遍，还顺手用一块塑料布盖在上面，据同室的女民工说，她平日从不叠被，蚊帐也不挂起来，不知是因为懒还是从小养成的习惯。总之那天她这样做确实有点反常。但她并不知道这天她会死。事情就是这样处处充满了妙不可言的天机。

她上了船，上了船后发现他也在船上，他背着个跟她一样的帆布挎包。她自然不知道这帆布挎包里装着威力强大的烈性炸药，再过几分钟这炸药将被引爆，她将在那一瞬间血肉横飞，支离破碎漂荡在水面上。她不可能知道这些。梁民工当时站在靠近船头的地方,她满心高兴,盘算着进城后先到一家有穿衣镜的百货公司照镜整理一番,然后再到县人武部部长家,他的侄子在那里等她,一切都要在这天定下来,她将嫁给这个其貌不扬的部长的侄子,然后县城里就会有一份属于她的工作。这是一件让她兴奋不已的事情,因此当她看到那个爆破手的时候只是淡淡地冲他点点头。

爆破手站在船尾,他越过四十八个人的肩膀看到了梁。梁的若无其事刺痛了他,他想她真是无情无义太不把他放在眼里了。他从前跟她同船进城看电影的情景鲜明地出现在他眼前,像火一样烧灼着他。他穿过人堆,一步一步向她走去,他走到她身边的时候拉响了导火索。

这个结尾当然是老木虚构的,因为在船上的人全被炸死,谁也无法知道当时的真实情况。

现在接着讲蓼。

蓼的那暹罗狗在蓼消失以后的一段时间里每天都到我家后门转圈,我一开门它就看着我,它的脸仍是很像猫脸,就像我第一次看见它那样,已经几年过去了,它一点都不见老。蓼的脸一点皱纹都没有,文秋的外婆说女人过了二十五岁不长皱纹前世都是狐狸精,今生要克男人,文秋外婆的脸像一张腌了一百年的咸菜所以才这样说。

我对那暹罗狗说,我们过河去吧,趁我爸正在熬颜料。我把木鞋脱了放在门角藏起来,暹罗狗善解人意地走在我的前面。当时是秋天，秋天没有木棉花，木棉花滞留在春天里。河水又窄又浅，我把裤管挽到大腿上就能过河，河水很熟悉地在我的腿间钻来钻去，鹅卵石滑滑地托着脚底。我常年炎热的家乡，秋天是最舒服的季节，在秋天里死去最明净，秋天的快乐是死的快乐。我的家乡没有冬天，冬天的最低温度是零上八度，在冬天里所有的树叶都绿得发黑，绿得陈旧，绿得满树都是晦气，但是它们都不掉下来，都不变黄。后来我到了北方，看到叶子一张张全数掉光，树木从此变得简洁明快，心里的惊喜真是无法形容。那时候我走到河水里，暹罗狗很快就游到了对岸，岸也是这样，又阔又平，像条走廊。这离蓼住的小屋还很远，我没去过，但我想肯定很远，因为暹罗狗不带我去。它在河边两头走，我不知道它是什么意思，我猜想蓼如果要在这里割手腕，一定是把狗拴在家里的，何况蓼到底是怎么死的我一点也不知道。我只是根据我目前的心情（老木说我因为失恋才写这篇东西，这话有一定的道理）和我准备干而最终没干成的去设想蓼。因为以蓼的本性看，她是一定能干成的，她出现在开满木棉花的树下的时候我就看到了这一点，她视死如归，凡是视死如归的人都是英雄，不管他是强盗还是娼妇。

河岸上那株异常高大的木棉树，一半是天蓝，一半是火焰。

我父亲一直想摆脱蓼，他很后悔把蓼留在家里过了两个晚上，这当然是瞒着我的。蓼深深依恋我父亲，她幻想有一天能嫁给他，这好像跟蓼的性格不太符合，蓼天生热爱自由不受束缚，她甚至受不了成为一个村子里固定的成员，她到所有的村子去，但却不是任何一个村子的人，蓼喜欢这样，不羁的蓼怎么会打算嫁给我父亲，这只能从巫术的角度去理解，蓼肯定给自己算了命。

女巫到底结不结婚，此刻我不由得想到了这个问题，对此我很模糊，印象中女巫好像是一个人，大概是早年死了丈夫或者没有出嫁，也有有个女儿的，如《小二黑结婚》里的三仙姑。还有外国的女巫，拉美名篇《蜘蛛女之吻》里讲了一个索比女人的故事，里面那个黑女人就是一个女巫，她有丈夫，她的丈夫也是一个巫师，巫师能够趁死人尸体尚未冷却之际用巫术将死人还阳，还阳的死人叫做索比，索比丧失了自己的意志，只服从巫师的指令。这当然是很高级的巫术了，这种巫术只能产生在拉美。还是说女巫，据说还有一类女巫，她们婚前巫术高超算命灵验，嫁人之后生了六个孩子，生活幸福，结果她的本事就消失了，这是我一个朋友的小说，不足为凭。

蓼的巫术造诣无疑达不到那位拉美巫师的高度，她平常用草药给人治皮肤病，皮癣癞头之类的，她并不是真正的女巫，我只是说她具有女巫的特质，她没有经过训练，这跟跳芭蕾舞一样，得从小练。尽管如此，我还是很难设想蓼有一天成为我的后母，这是不可能的，我父亲大概也是这样想。蓼戴着很大的耳环，有现在的一元硬币那么大，而且她只有一个耳朵有耳环，你能设想一个这样的女人老在你家里吗？

于是我父亲说他不准备再结婚了，他有一个女儿，而且还要搞艺术，这两样事情就足够了。

那么晚上呢？晚上你怎么办呢？蓼说。

晚上我煮颜料。

那么再晚些呢？深夜呢？很深的深夜，你一个人，你会想我的。蓼说。

十年了，我父亲已经习惯独自一人。小时候我跟父亲睡在一张床上。我父亲的好处之一就是睡觉不打鼾，静得就像一只猫在睡觉，长大以后我才知道，男人睡觉多半打鼾，不打鼾的男人很珍贵。我三岁的时候经常跨越我的花被子滚进父亲的被窝，他的被子除了早已习惯的蓖麻油气味以外，还散发着一种我觉得很舒服的青苔的气味，我不知道这气味是从我父亲的身体发出的还是从天井地面和墙脚发出的。蓼问我：你妈长得怎么样？我说不知道。她用手在空气中摸了两下，说：不知道。她又盯着我说：你长得像我，我是你妈。我说：你不是。她问：你厌烦我吗？我说：不，你有时候很漂亮。蓼笑了起来，她说：你知道什么叫漂亮吗？我来告诉你，天冷的时候，天热就是漂亮，下雨的时候，天晴就是漂亮，你去告诉你爸。

我父亲还在煮颜料。我就没有马上跑去告诉他，后来我就忘了。直到蓼死了以后我才想起来，我父亲说，倒也有道理。我不知道我父亲指的是哪种道理，蓼的观点具有多种解释的可能性。虽然我从心里认为蓼没有成为我的母亲的可能性，但我确实认为蓼是漂亮的，但不是在阁楼里，阁楼里蓼显得笨拙，甚至有点不可思议。她说蓖麻油的气味一上来她就身上发热，就想脱衣服。她把手伸进自己的衣服的后背使劲揪，这使她的乳房格外挺拔形状姣好，她说：你来摸摸我的是不是很烫。她把我拉到怀里，把我的头按在她的乳头上，说：别怕，你长大也会跟我一样。我问：什么跟你一样？她指指自己的胸口，含糊地说：这里。不知她是指她的心还是指乳房，她说：因为你是女孩。

我小时候对成年女人的乳房非常向往，觉得又神秘又惊奇，蓼吸引我的一部分原因也在这里。我壮着胆子把手探进去，使劲一撞，猛地碰到一团又湿又凉又软的肉，把我吓得手一缩，就像碰到蛇一样，我惊魂未定，却听见一阵嗞嗞的笑声从我的头顶刺下来，接着两只湿润的手把我的脸捧定，我大叫"鬼！"蓼说你别害怕你为什么会害怕呢，你看看我就不害怕了。我闭着眼睛喘了一会儿，我估计如果我睁开眼睛看到蓼，她一定已经变成一个恐怖的陌生女人，我想喊我父亲，尖声地喊，这时煮煳的蓖麻油气味从厨房飘过来，使我感到了莫大的安全，我睁开眼睛，看见蓼正看着我，她甚至还在微笑，阁楼的四周昏暗而沉着，这是白天，很安静，没有那种令人不安的窃窃声。我重新想起了刚才蓼的笑声，我说：你的奶是凉的。蓼说：是吗？她把手探进去，她说：我出汗了。她拿手背碰碰我的额头，也是又凉又湿。我暗暗决定，以后不跟蓼到阁楼上去了，当时我并不知道，这是我最后一次看见蓼，蓼就要从我的视野永远消逝了。

我还是愿意想象丛林中的蓼，一个在阁楼是湿漉漉凉滋滋皮肤像蛇一样的女人待在丛林里该是多么合适，她就跟树的颜色一样，她要是在丛林里脱掉上衣赶路，裸露着她那橄榄色的发着汗亮的乳房，这该是老木在学院时候创作的一幅画，那时候我已经跟他讲过蓼。事实上，虽然我从未跟蓼到丛林里去过，但是在我们家乡漫长而炎热的下午，在密不透风的丛林里，蓼要走上十华里的林中小路回到她住的地方，她不可能把上衣脱掉，林中的瘴气流泻到她裸露的皮肤上就像月光流泻到河面上，使她遍体生辉。

关于蓼，我不知道再说什么好，就像关于我自己也同样说不出话。人生易老天难老。我隐隐感到三十岁就去死实在是太年轻了些，蓼不知道是否意识到这一点，或者恰恰相反，也许蓼的看法跟苏小小的一样，渴望死于华年，以便给世人留下美的形象。对蓼我始终捉摸不定，她的死因和死的方法我都无法精确地告诉老木，而且我父亲也死去多年，即使他还活着，他也未必知道，这是蓼的悲剧抑或是我父亲的悲剧，我说不清楚。

那天蓼从阁楼下来以后就一直坐在厨房角木柴堆上，这是她最喜欢待的地方，她很安静地看我父亲煮蓖麻油。我父亲常把土豆丢进油锅里，耐心地察看效果，他说不能错过任何可能性。他不厌其烦地进行各种试验，一次次地把黄豆、绿豆、土豆、红薯、大蒜等放进蓖麻油里，煮了又煮。他这一次跟以前的许多次和以后的许多次一样，以把蓖麻油煮煳他本人垂头丧气筋疲力尽而告终，唯一不同的是蓼从此以后就消失了。她离开我家之前没有跟父亲打招呼，或者是打了招呼我父亲没听见，反正到后来我和父亲才发现蓼走了。

许多年以后直到现在，我才听见当年蓼走时关门的那声回响。砰然而起的声音，如歌如箭，击中心脏。

因为下雨，因为天黑，因为明天是我的生日而我却想不出找谁陪我一天，我渐渐地在窗前越坐越久。桌上的灰尘被风吹成许多图案，很有规则和韵律，宣示了岁月的流逝。我在窗前坐得太久，以至于头发长得紊乱不堪，我用一把旧梳子梳头，反反复复。无法把头梳通，地上已经掉了不少头发了，我还在继续梳头。

这时我听见身后有轻盈的脚步，轻得就像我家的阁楼上那些难言的窃窃私语，我正要回过头，就听见一个女孩说：爸爸，那个疯女人坐在桌前干什么呀？

她的声音我很熟悉，我极力回想这女孩是谁，为此我又在桌前坐了很久。

后来雨停了，我去找老木，告诉他蓼其实没有死，她后来疯了，有人曾经看到一个长得很像蓼的疯女人。

是吗？老木将信将疑地看着我，我看到他的气色比上一次要好，我知道，他越来越不相信我了。

于是我不再说话。我随手翻着老木从前的美术及摄影杂志，我看到一幅摄影，显然是高速摄影，题目叫《子弹穿过苹果》，我长久地看着这幅画，但我始终辨认不出子弹，也看不出苹果，我眼前是一片浑然的青色，像美丽的火焰。

去往银角

上篇

春节过后每天都下雨，树上的叶子旧得发黑，湿淋淋地闪着阴沉的光。它们像石头一样挂在树上，好像随时都会掉下来，但从来不掉。天气一天比一天冷，好像不是要顺时进入春天，而是相反。

在这样的天气里，我时不时地总要冒出去银角做的念头，去银角做，就意味着去卖，这样想着已经是破罐子破摔了。如果天气晴朗，我大概会乐观一点的吧，即使仍想当小姐，也会坚信自己能卖出好价钱，不至于像现在这样，一边想做，一边又痛感自己太老了。

雨已经下了整整半个月，连日阴冷，我一天比一天切肤地感到自己的衰老。小时候曾听老人说，小孩子身上有一团火，到老这火就没有了，连夏天都会感到身上发冷。我今年不过三十多岁，却已经感到今年的冬天比往年更冷。真是从来没有这么冷过，空气中就像充满了看不见的细细的针，它们又多又密，源源不断地钻进我的骨头里。我抱着暖水袋睡觉，但暖水袋一下就变凉了。我把毛毯、毛巾被、棉被、毛衣统统压在被子上，被窝还是像冰箱那么冷，躺了一夜，早上一摸，连屁股都是冰的，两条腿都冷麻了，双手像在寒风中吹了一夜，又凉又硬，肩膀也好像挑了一夜担，累得发酸，这是因为蜷缩得太久了。全身上下，只有胸口还有一点温热。

这样的夜晚已经很多天了。

刚下岗的时候，听说有的下岗女工去做了小姐（我们这里把小姐叫鸡婆，我不愿这样称呼她们），我想我是不会去做的。后来我看到报上登了消息，说被骗去当小姐的女孩跳楼的事，我忍不住经常想，如果换了我，我会不会跳楼。

假如歌舞厅只在二楼，楼下又正好有一个沙坑，我也许会跳的吧，谁会那么甘心去卖呢。我会把房门的插销插上，把窗户开到最大，免得窗框划破我的皮。如果情况不是很紧急，我也许会在窗旁站上一会儿半会儿的，我是多么想当一个良家女子啊！只要没有人使劲撞门，我会一直站下去的。

我是一个怕死的人，本来我以为，没有孩子就应该不怕死，但我发现，事到临头还是不行。超过三楼我是不会跳的，我不但怕死，我还怕痛，怕断腿断腰破相。我现在住的房子就在三楼，是当年离婚的时候丈夫留给我的，虽然是一居室，又是西晒，当年厂里还是抢得头破血流，如果不是因为他是司机，这样的房子是肯定分不到的。我丈夫是个好人，对于他，我没有什么可说的。

窗下是厂里的垃圾池，池子本来只有两个乒乓球台那么大，几年前厂里每次开大会，工会主席都要号召大家，把垃圾倒在垃圾池里，不要再倒在池子的外面。但是没有人听，垃圾总是倒得东一堆西一堆的，弄得想遵守规则的人也走不到垃圾池跟前。结果就是，池子周围堆满了高高的一圈垃圾，池子里却是空的，从窗口看下去，好像还特别干净。

我不知道这好还是不好。若垃圾池里有一满池垃圾，对于一个往下跳的人来说它就是一张又厚又软的垫子，在我们这种濒临破产的厂里，所有硬一点的垃圾都被拣去卖钱了，我跳下去肯定伤不着。但想到自己以一个狗啃屎的姿势扑到垃圾上，额头撞着月经垫，鼻子顶着大肉蛆，身上沾满了发霉的东西，也许还有狗屎，我就觉得池子里不如没有垃圾的好。但摔得头破血流也不是我之所愿。这就是我的两难处境。

如果是在二十层，我就更不敢跳了。

这么高的楼我从来没有上过，不过我从电视里看到过，行人只有蚂蚁那么大小，从跳下去到着地有好一会儿工夫，可以清楚看见头发着了电似的往上扬，衣服里充满空气，人飞起来。

我佩服天津的女歌手谢津，她敢从二十楼跳下去。所有敢从四层以上跳下去的女人我都佩服。

春节我回石镇过,在同学聚会的时候见到了杨芬。

杨芬是我小学和初中的同学,我完全想不到,她现在在银角的一家歌舞厅当鸡妈。鸡妈这个词我以前从来没有听说过,是我们班同学说的,当时我一点都没有反应过来,以为杨芬开了一个养鸡场。她家本来就是农业人口,是石镇附近生产队的。过了好一会儿我才悟出来,"鸡妈"就是"鸡"的妈咪。我们班的一个男生是记者,见多识广,他说鸨母跟妈咪不同,在我国,容留卖淫是死罪,所以才产生了妈咪,妈咪帮小姐介绍客人,并且提供保护。

当时我已经有二十年没有见过杨芬了,她留给我的印象就是一个头发又黄又稀的瘦女孩,胸是平的,屁股是扁的,全身没有一点肉,脸色青白,很像吸毒展览里的那些人。此外我还想起了她有点驼背。总而言之,我左右想不出,这样一个杨芬,怎么能当小姐的妈咪!我在电视里看到的妈咪,一个个的,哪一个不是长袖善舞,三围突出,比小姐还要漂亮,比打手还要英勇,比军师还要老谋深算。在我看来,杨芬与一位妈咪的距离相当于一只蜘蛛和一头大象的距离。

我觉得杨芬干上了这种行当,她一定不好意思来参加同学聚会。但是石镇的同学说,杨芬发了,她怎么会不来,谁发了都会来的。

杨芬果然来了,她的外表变化不大,只是衣着讲究了一点,还用了香水，看上去也没什么刺眼的地方，大家说话，也都觉得自然。这使我感到，她所从事的不过是一个普通的职业。聚会散的时候，杨芬叫了一辆摩托三轮车，顺便送我回家。开始的时候我以为她是客气，因为很多年前，她家住在石镇附近的乡下，和我家住的金背街是南辕北辙，其实她早就在金背街盖了一幢四层的楼房，确是顺路送我回去的。

杨芬初四就去了银角，银角离石镇有三十公里，是一个开发区，那里别的没有，全是歌舞厅，一家挨着一家，跟商店一样。

我没有去过银角，这些都是听杨芬说的，她说本该在石镇多待几天，跟我好好玩玩。她还记得五年级的时候我送过她一块橡皮的事。但她又说无论如何，初四都得回到银角去，因为她让她手下的小姐初五一定得回来，她要比她们先到。杨芬说她手下有两个小姐对她特别好，一个当初因吸毒惹了事，是她出钱把她保出来的。另一个小姐刚来就被一个变态的人打了一顿，她又出钱让小姐去治。她说银角的小姐都知道，她芬姐是最仗义的妈咪。

在冰冷的夜晚，我整夜睡不着觉，这时我就会在黑暗中看见杨芬，她的周围是一圈淡黄的灯光，酒红色的沙发矮而厚，上面横斜坐着黑衣女孩，如果从高处俯视，这几样东西看上去就会像一朵肥厚巨大的罂粟花。厅堂吊灯像一圈刚刚喝空的高脚酒杯，杯壁上沾着未曾饮尽的葡萄酒汁，墙壁是豆沙红，地面是黑色大理石，柜台上方有一只造型像嘴唇的大钟，在另一面墙上，是一幅巨大的梦露黑白摄影照片，她微仰着头，半裸着上身，肉感和

215

阴影交错。没有客人在走动,灯光笼罩的厅堂一片寂静,所有的人都像影子,只有一个三十多岁的女人,穿着一身不合时宜的衣服,从门外走进来。我想,这个女人会是我吗?

去银角做的念头越来越清晰,我想真的去做了也没什么。或许,应该先取一个艺名?一旦这样想,那些艳丽的名字就在黑夜里浮了出来,粉姬、海伦、红艳什么的,粉姬念起来像粪箕,海伦又太洋气,只有红艳,或者还算合适。

我念叨这个名字,希望它像一层紧身的皮肤贴在我身上,或者像一种有效的咒语,通过意念的力量,在某一天晚上,突然地改变我的皮肤和容貌。

去皱咒、丰胸咒、隆臀咒、细腰咒,这些奇怪的咒语大概正是藏在银角那样的地方的。

我没有听说过这些咒语,但我知道有避火咒和避刀咒。在我整天闻着垃圾气味的狂想时分,我觉得这后两种咒语更加刺激。我念着避火咒,身上就像裹了一层冰,身在熊熊火焰之中,冰与火相撞,发出浓艳的蒸气和凄厉的声音;或者念着避刀子的咒语,然后光着脚板踩在一排排尖刀上,刀们闪着惨亮的寒光,像一些光身的瘦鬼,但我的脚比它们还轻,是另一些鬼,在刀刃上跳来跳去,我的肚脐眼则闪来闪去,像一只流落人间的天眼。

这些千年才能修成的绝技,够当一名歌舞妓的了。我是一个俗人,当然是不会的。

如果要异想天开,我情愿希望自己变得能生孩子。我希望自己子宫里有一团温暖的小肉人儿,这样我身体里就会有热气了,它是一簇橘黄色的小火焰,紧紧地贴在我的心窝里、我的骨头中。我在子宫里养着它,再冷的天气我都不怕了。我将在另一个冬天里生下它,我将在深夜的时候,偷偷地把它生下来,我要自己给自己接生,学电影里的样子,烧一壶开水,买一瓶酒精,准备一把干净的剪刀,然后,我就把小人儿抱在我的胸口,给它喂奶吃,我的乳房在这个时候就会变得膨胀,又硬又大,结结实实地涌满了乳汁。

这样的梦想在多年前就已经破灭了。结婚第二年,我检查出了不孕症,我的丈夫是三代单传,他当天就提出要离婚,我二话没说就同意了。后来我一边工作,一边读电视大学,他则到一家公司开出租。算起来,我有近十年没有见过他了。看来,要嫁人过日子已经没有希望,不如去银角试一试。听说做这种事能很快挣到很多钱,这样我可以把钱存在银行里,到福利院领一个健康的女孩回来。领养孩子的事我从来没有想过,去年陈冲在我们这个城市领养了一对双胞胎孤儿,这事启发了我。我已经老了,应该有一个自己的孩子。

听很多人说,现在做小姐的有很多大学生。我还在报上看到一个数字,说的是,在北京的本科生里,有百分之十一点几的人想到过卖淫;在全国本科生中,这个比例是百分之十五点几,当然,承认自己真的这样做过的人,就很少很少了。

这些数字是我用来给自己壮胆的。

初四那天我去火烧街看望我小学的班主任李老师，她已经退休十多年了，自从小学毕业我一直没去看过她，但她还记得我，她记得我们班的每一个同学。于是她就说到了杨芬。

李老师说杨芬是我们班来得最多的，每年都来看她，每次来都给她买水果。李老师说杨芬一直没有嫁人，现在都三十好几了，她说杨芬去年没来，听说她发了。她问我知不知道杨芬现在怎么样。

我撒了谎，没说出真相。

从李老师家出来我心情有点郁闷，当年老师认为我是全班最有出息的女生，最后也只是读了一个电大，当了一个管理图书的人而已，现在又下了岗，什么都没有。

从一个报摊经过的时候我买了一份报纸，这是我下岗以来买的第一份报，以前我在厂图书室的时候有好几种报，现在厂里只剩下办公室了，我就每天到街上的阅报栏看。

报上有一篇短文特别振聋发聩，上面谈的是贞操问题。意思大概是这样：用钱换你的贞操你干不干？三百你不干，三千你也不干，三万你还是不干，那么，假设有三十万，三百万！怎么样？好了，现在有三千万，你总可以卖身了吧，如果用一半的钱去拯救非洲难民，有多少儿童可以不死。如此看来，贞操算得了什么呢？

这文章一定是比我年轻得多的人写的，我佩服他们。

初五我就回到了N城。父母年纪大了，跟哥哥住在一起，我住久了不方便。在火车上我想，如果父亲得了大病，要三十万才能治好，我就去银角做算了。当然最好有人包我，我肯定干，问题是根本就不会有这样的好事，我不觉得这是什么堕落，而是天上掉下的大馅饼，不但不是堕落，反倒是壮举，只不过没有拯救非洲难民那么伟大罢了。

说到非洲我想起了表姑说过的事，她当年在北京读大学，有一个女同学是革命时代的狂热分子，常常扬言要嫁给一个非洲的酋长，以便到非洲进行社会主义革命，用自己的贞操换来全球一片红。后来她失踪了，不知所终，但不管她的下场怎样，都比嫁给非洲酋长强。听说非洲的酋长有一百个老婆，这一百零一个新娘三天就腻了，腻了之后跟奴隶差不多，不驯服的话还要戴上脚镣手铐，吃不饱穿不暖。

在四月里一个潮湿的深夜，家里果然来了长途电话，说父亲病重，让我回家，我急急忙忙坐上火车，从N城赶回石镇。我坐的是夜车，车上人不多，车厢里是少有的安静。有两个四五十岁的女人坐在我的对面，她们长得很相像，而且穿的是同样的衣服，不同的是她们围在脖子的丝巾，一个是深红，另一个是墨绿。这两人靠着座椅背坐着，既不说话，也不走动，也不喝水吃东西。我很快就发困了，于是伏在茶几上睡了起来。

醒来的时候还是在深夜，列车在呼呼地行驶着，窗外漆黑一片，什么都看不清楚，这使我无法判断到底到了什么地方。我既疑心在我睡着的时候出了问题，火车还滞留在N城，又担心火车驶过了石镇，错过了下车。

我想问问坐在我对面的那两个女人，但她们睡得像石头一样，一动不动，连呼吸都看不出来，简直不像是真的人。这么诡异的事情我以前从未遇到过，我有点恍惚，不知如何是好。

我走过一节又一节车厢，一个列车员都没看见，所有的旅客都在睡觉，只有我一个人像鬼一样在过道里游荡。

忽然车上的广播响了，一段奇怪的乐曲之后，一个女声说：乘客们请注意，本次列车的终点站银角到了。这也使我感到纳闷，不明白何以在石镇没有停车，而银角在什么时候成了这次列车的终点站。但车厢里顷刻空了，我没有再待下去的道理，便也只好下车。

下篇

银角笼罩在一片稀薄的晨光之中，冷飕飕的，街上一个人都没有，门窗紧闭，像一座空城。这里的树都被砍光了，但鸡冠花和剑麻出奇的多，路边、街口、房前、屋后，到处都是，这两种植物比其他地方的要高大粗壮许多，鸡冠花有脸盆那么大，质地肥厚肉感，皱折上的颗粒坚挺清晰，咄咄逼人，在清晨的光线中浮出紫红的颜色；剑麻则有一个人那么高，叶子壮硕，像剑一样坚不可摧。连路边的野草都格外繁茂，一派疯长的态势，似乎被施放了一种特殊的养料。

这时我闻到空气中有一股腥甜的气味,我知道这种气味来自一种白色半透明的黏稠液体,它从每一个人身体的下部喷射出来。橡胶套、柔软的纸,这些暧昧的东西大概塞满了银角的下水道吧。很快,银角上空的两只大气球吸引了我,乳白色的底子,鲜黄色的字,一只气球是斗大的"欢"字,另一只是"迎",它们像两只怪脸小丑在银角的上空飘来荡去,向新来的人传达出某种友好的气息。

我走进一家简陋的路边店,门厅里一片昏暗,通向客房的过道显得幽深神秘。等了好一会儿,楼上下来一个老女人,看她身板和动作都不算老,但给人感觉已是历尽沧桑,老到骨头里去了。她一边打呵欠一边说:谁会这么早就到银角来哎!

我说我想登记住宿。她朝我上下打量一番,然后把一支圆珠笔扔给我。在名字一栏我犹豫了一下,然后写下了红艳两字。老女人问:你的经纪人是谁?我答不上来。她说银角是没有野鸡的,这里管理得很好,不允许在大街上拉人,那是违法的,被抓住了要罚很多钱。

老女人文了很深的眉,戴着金耳环,不用说,肯定是一个退出江湖的老妓女。由于小时候看过日本电影《望乡》,我对老妓女并无恶感,但我不喜欢她说话的腔调,听上去就像是镇长夫人。她说到这里来的女人,不管年龄大小,长相俊丑,都得有经纪人,不然就会乱了。大多数经纪人收百分之四十费用,她只收百分之三十。

我终于明白，她是想当我的经纪人。我便说了杨芬的名字，我说是芬姐叫我来的。老妓女很不以为然，她眼皮一耷拉，说，那你就跟她做吧。

我的房间在二楼尽头，靠近厕所，房门一打开，一股隔夜的睡气迎头扑来，床单虽然看不出脏，但总感到不那么清爽。也只能如此了。我困得要命，倒头便睡。不知过了多久，我听到隔壁有奇怪的拍巴掌的声音，整幢房子都很静，虽然是路边店，却没有听到汽车开过，也没有人说话，只有这种莫名其妙的声音，在噼里啪啦地回荡。

我看了一下表，是下午五点，房间里黏稠的气味使我想起这不是在N城，而是在银角，至于怎么就到了银角，到银角想干什么，我一时感到有些糊涂，只觉得头脑发沉，肚子也有点饿。

我到隔壁上厕所，奇怪的巴掌声响了一会儿，然后从楼道一直过来，接着就进了厕所。原来是一个女孩在使劲拍自己的屁股，她很快解完手，站起来又开始拍，一边拍一边回她的房间去。

我去冲凉，冲凉间在楼下的天井，一间有人，另一间门半开着，上面搭着衣服，我疑惑着，不知是怎么回事，过了一会儿，看看还没有人来，我便动手把那上面搭的衣物拨到一边，正准备进去，那个拍屁股的女孩就下来了，她说你先洗吧，这边马上就好了。遇到这种友善的女孩，我心情比较好，我说我等这一间吧。她说刚才忘记拿香皂了，又上去一趟。

天井里光线较亮，我看清她剪着碎发，上面是惯常的挑染，她脸大眼小，算不上好看，而且身材也不好，个子较矮，虽不胖，看上去也不够苗条。但她的腰很细，裹在裤子的屁股突出来，出奇的圆润饱满。很快两人就都洗完澡了，前后脚出来，聚在天井的公用水龙头旁洗衣服，几乎是头对头的，就聊了起来。

她说她叫细眯，原来在柳州那边的一个镇的一家做卫生纸的厂干，身份证被老板扣掉了，不让走，一天得干十四五个钟头，二十几个人挤在一间屋子睡觉，天天都是吃包菜，吃得直想吐，到过年还不让回家，也不给钱，老板的人看得很紧，怕她们跑了没人干活，又怕跑了以后投诉，所以每天晚上宿舍都从外面上了锁，她是从二楼跳下来逃跑的，搭上车，就逃到银角来了。

主要是细眯说，我听，细眯看我人老实，就仗义地要帮我，她说没关系，可以当那些表演小姐的保姆，也叫生活助理，跟小姐住在酒店里，帮接电话，洗衣服，干干杂事，不过小姐挑人也挑得很厉害的，如果小姐本身比较矮，就要挑比她更矮的，如果她黑，就要挑比她更黑的，总之，有个跟班的站在身后，表演小姐才显出身份来。当保姆只有一点不好，就是挣得少，别人挣十成，她挣一成。

洗完衣服后，细眯领我到门口一家米粉店，吃桂林米粉。这里的米粉跟N城的一样，也有高汤、脆皮、酸菜、炒黄豆，但N城是两块钱一碗，这里却要八块。

吃过米粉，觉得舒服多了，银角的街道看上去也不那么陌生古怪了，我想起了杨芬，她是我在银角唯一认识的人，但我并不太情愿找她，也不愿意让她知道我到这里来了。来银角，做还是不做，永远都不会是一件光彩的事。最好谁都不知道我是谁，我只是一个叫做红艳的女人，没有父母，也没有过去。

我决定先跟着细眯。

细眯从卫生巾厂逃出来，觉得银角很不错，似乎还有一点兴冲冲的。她让我到她房间去，看她化妆，同时也帮我化妆。她说在银角，任何女人，不管是干什么的，统统都化妆，谁不化就会很奇怪，什么地方人家都不让你进。她往脸上涂抹的时候身上只穿着内衣，我注意到她浑圆的臀部，她得意地一笑，顺势扭了几下，她的腰很细，扭起来颇流畅，竟有几分好看。细眯显了她的能耐，便兴奋起来，告诉我，她来银角来了一年多，上个月才在海风歌舞厅找到一份跳下摆舞的位置，等她以后跳红了，就能搬到大酒店，也有钱带保姆了。

我估摸所谓下摆舞大概就是屁股舞，跟肚皮舞有异曲同工之妙。而她不停拍打屁股，当是跟按摩刺激脸部一样，以保持肌肉的紧密弹性。

再看她的脸时，我几乎吓了一跳，化妆夸张得简直就像戴了面具，眼角画得都连到头发根了，梢头尖尖长长的，还涂上了一层金粉，猛一看，就跟火狐的眼睛似的。她又在两眉间画了一枚小小的菱形色块，也是金色的，像一种暗器放在了明面上。之后她开始戴首饰，一堆乱七八糟的玩意儿，她从里面东挑一样，西挑一样，头饰、耳饰、臂饰、指饰、臀饰，顷刻全都披挂上了。屁股上围的是一圈金属流苏，人一动，就跟着乱晃摇摆，脚脖子上也弄上了细链子，整个人已经不像人了，更不像洗衣服时的细眯，十足一个妖精，说她是蜘蛛精只欠缺一点爪子，说是狐狸精又太过光秃。接着她开始换衣服，穿上了一条奇怪的短裙，短是应该的，只是前面还开了口子，着意要露出大腿间的三角内裤，那上面的花纹却用了孔雀身上的椭圆点纹样，看上去就像一个好端端的孔雀被人剪掉了半截尾巴，似乎是功力不够，想变成孔雀精没变成功，只落了一个中间状态。

　　细眯让我也照她的样子往脸上画，我实在下不了手。细眯说，不化妆根本进不了任何歌舞厅，妈咪也化，保安也化，外面来的客人统统都化，人人都变了样，谁都认不出谁，就跟电视上那些化装舞会似的。

　　我便照着印象中的京剧脸谱往自己眼眶来了几道，又多少扫了点腮红。细眯看看，拿她的笔在我眉心画了一枚跟她一模一样的金色菱形，她边画边说，到时我就凭这个认你吧。她让我在她的衣服里挑一件换上，我拣了一条最长的绿裙子，穿上去仅盖住了大腿。

　　我们就这样出门。虽然是四月，但此地潮湿闷热，没有一丝风，这些仅能遮体的衣服倒也恰到好处。据细眯说，即便在冬天，银角的小姐晚上出门也是这样打扮，最多在外面穿上一件大衣，都敞着怀，露出里面的短裙。这是银角的规矩。

街上果然是一家歌舞厅接着一家,中间隔着些洗浴中心,有一家叫"瀑布"的洗浴中心,门口有一个很大的橱窗,里面有一个女郎在表演洗澡,放着一种极其缓慢的音乐,她随着音乐缓慢地脱衣服,我们路过的时候她的全身都已脱光,但底下喷出来的蒸气使她看上去不甚清楚,再加上她从旁边木桶撩出的花瓣和叶子,眼急的男人们大概会感到不够过瘾。但据细眯说,这只算是广告,里面有过瘾的。

又看到一个奇怪的地方,上有灰暗的光线打着"灰尘"二字,整幢建筑只有一层,涂的也是灰色,我觉得这似乎是垃圾站,却又感到它比垃圾站神秘。想要问细眯,她正和一个头上戴着弯曲的闪电头饰的小姐打招呼,再过去,她跳下摆舞的"海风"歌舞厅就到了。

细眯让我在底下观众席待着,说这里女的都是小姐,男的都是客人,只要不把客人惹恼就行了,要是有人问起,就说是细眯带来的。

客人已经来了不少,果然如细眯所说,脸上全都化着妆,或者,并不是像我们这样化上去的妆,而是用一种特殊的薄膜做的面具,只需贴上去,到家再揭掉。每个人,只能看出来高矮肥瘦,年龄和面容一点都看不出来,这里面,大概什么身份的人都有吧。

正式的表演还没有开始,幕布是一块半透明的薄纱,里面打着半明不暗的光线,能隐约看到半裸的女郎在里面走动,又像是练功,又像是走台。音乐渐渐响起来,一种奇怪的声音像蛇一样混杂其中,我听了一会儿,辨认出是一个女声,她在断断续续地喘息、呻吟。

有一股香烟的气味凑到我的脸旁,正要抬头,却有一只手碰到了我的腿,我不敢动,既然我到了银角,这种事我就得忍着。这手很老练,它马上就探到了我的裙子里面,在我大腿的内侧缓慢地摸过来,摸过去。我全身的肌肉紧绷着,像铁一样硬,但过了没多大一会儿,身上就瘫软了。全身的细胞都在松动,它们软软地挪动着位置,微微地喘息,身体深处的水分也开始流动,干燥的肉体变得潮湿起来。香烟的气味从身后拢住了我,它的另一只手摸到了我的背后,胸罩的襻扣一下松开了,我的上身顷刻被这只手抓住,如同被雷电击中,我禁不住呻吟起来,同时感到身体变得轻盈酥软。

我神情恍惚,不知道自己是谁,只感到全身在飘浮,头部、手、脚都好像不存在,只剩下器官独自在黑暗中。突然什么东西刮着了我,我睁开眼睛,看到那只手,在半明的光线中,我看到那上面的第六根指头,丑陋、异样,全然不像人的手,而像什么动物的爪子。我一惊,随即把它推开了。这时台上的薄纱正好拉开,台上出现了半裸的女郎。我挣扎着站起来,走到了外面。

不过才晚上八九点,但街上行人很少,车也不多,完全不像银角这种热闹的地方,奇怪的是,所有歌舞厅的音乐似乎被什么消音器消掉了,街上一片死寂,我疑心已经到了深夜,是自己的

227

表坏了。总而言之，我感到此地气氛诡异，缺乏真实感。

写着"灰尘"的房子出现在眼前，我走进去，门口没有门卫，也没有人出来招呼，我想大概不是一个特殊的地方，是真的垃圾站也未可知。

所有的房间都没有人，静悄悄的，走廊有灯，但很暗。我走到尽头，发现那里有通向地下的阶梯，那里的灯要明显亮于走廊。我顺着台阶往下走，走了有好几层，终于从下面传来了音乐声，这曲子深远、缥缈，像从地心深处传来，又像从天外落下，圣歌是不是这样的呢？音乐吸引着我往前走，于是我看到面前出现了一条宽敞的通道，零零星星的中学生乘着滑板和旱冰鞋从远处滑来，然后在我不远的一个拐弯处消失了。我猜他们是从外镇的某个网吧来的，彻夜不归，有人失踪，等等，这些秘密就在这里。

我跟着拐弯，来到一个很大的大厅门口，有人拦住了我，递给我一个灰色的头套，门口的牌子上写着，每次消费三百元。我身上没带钱，迟疑间，有人推了一下我的后背，等我站稳，我发现自己已经在一群头戴灰色头套的人中间了。一个身穿灰衣的人盘腿坐在中央，像是一个仪式的教主，新来的人鱼贯到他面前领取一粒蓝色的药片。然后在教主周围坐成几个同心圆。这种形式和气氛使我感到这跟邪教什么的有关系，也许是要集体自杀！这个意识使我身上骤然一冷。他们传递一个蓝花瓷水壶，每人从壶嘴吮一口水，把手心的药片吞下。轮到我的时候我也照样做了，但我没有咽药片,只喝了一大口水,味道跟自来水差不多。

大家开始像草一样摇摆,就像有风吹过一片麦地,每个人身上的骨头都似乎被药片抽走了,身体变得柔软,集体摆动的方向整齐划一,像大海的波浪一样起伏,我置身其中,也不禁跟着摆动起来。我一时觉得真的有风,一时又发现其实没有风,但摇摆使我全身舒服轻盈,我感到自己已经变成了一种灰色的草。

但是有的草站起来了,戴着灰色头套的草,脱了自己的衣服,头部以下一丝不挂。脱衣服的人越来越多,光溜溜白瓷瓷的,脱光之后他们就互相缠绕起来,有两个两个缠在一起的,也有三四个缠在一起的,看上去跟蛇一样。吃药原来就是把自己变成蛇啊,我有点怕,庆幸自己没有吞下那药片。他们非常沉醉,谁都顾不上我。

我在地下通道里走,但怎么都找不着通向地面的路,地下像迷宫一样,有各种岔路,还有再往下去的阶梯口,我等了一会儿,过来几个人,也都戴着头套,其中一个看上去是有身份的人物,旁边是几个为他服务的小姐。我上去问,小姐冲我摆摆手,然后指指地道的顶上,一眨眼,他们就拐弯不见了。我这才发现,地道顶上有红蓝黄绿几种线条,但不知哪种颜色代表通往地面。我沿着红色的线条走,结果到了一个叫"榴莲"的大厅。

本以为这个大厅跟水果什么的有关,结果却闻到一股动物园的味道。里面有人,也有几只又像猿猴又像狗的动物,身上长着毛,棕色,四肢着地的时候像狗,但后腿直立的时候又像某种猿。这种狗猿使我十分意外,不明白银角这种地方何以会有这种前所未见的动物。

我对动物没有好奇心,只想着离开。但两个盛妆的小姐笑吟吟地迎过来,她们脸上的妆跟细眯的很相像,只是眉间的菱形色块不是金色,而是红色的,下面没有穿裙子,只挡了一小块布,臀饰也是一种细细的金属流苏,摆动起来窸窣作响。她们把我领到一块暗绿色橡胶垫了跟前,示意我躺下去,然后两人一前一后跪着趴在我身上,我想挣扎着爬起来,但她们把我按住了。一块纱巾蒙住了我的眼睛,我感到两腿被分开了,一种灼热柔软的东西在我身上来回往返,我绷紧的肌肉再次放松了,一阵又一阵的酥麻从身体深处涌上来。

身上越来越热,我用手抹了一把,却发现身上长出了毛发,我猛地扯掉了盖在脸上的纱巾,用力地抬起身子,身体特别重,好像不是自己的,我费了很大劲才把头抬起来一点,我发现自己的脚趾已经变成了狗猿的蹄子,沿着小腿正在长出那种棕色的毛发,两个女郎还伏在我身上,一个舔我的下身,一个舔我的胸部,一阵又一阵热气从身内升起,我的喘息声就像奔跑后的母狗,长了毛发的地方也开始发痒。我心烦意乱,我才不愿意变成什么狗猿呢!

这么一想,身上一时觉得凉爽了一点,刚刚长出来的毛发也消退了一些。

类似的情况反复了几次,当我强烈意识到自己坚决不要变成狗猿时，身体就还原回我自己，稍一放松，棕色的毛发就会迅速长出来。

我像一个沉没在深水里的人一样，憋足了最后一口气，用尽全身的力气站了起来。我跌跌撞撞走到门口，人都快虚脱了。我靠在过道直喘气，忽然身旁的霓虹灯亮了起来，在榴莲两字的下面，"人兽表演"几个字闪着红黄两色的光，我突然明白过来，如果我不挣扎着跑掉，就会成为这种人兽性交的表演者了。

回到地面的时候仍像是在深夜，街上比来时更加寂静少人，在大半个月亮的照耀下，银角的房屋树木散发出一种灰白色的清光，看上去不像是在真实的人间。我在银角的街巷里转来转去，回到我落脚的路边店时天刚刚开始有点发亮，厅堂里仍是昏暗的灯光，没有人走动，也不知细眯回来没有。

我决定马上就走，这个地方我再也不要来了。我匆匆忙忙到天井冲了一个澡，然后把细眯的衣服包好放进一个塑料袋，准备让老板娘交给她。临出门时我才想起来没有梳头，我边在自己的包里掏梳子边冲房里的镜子看，不料却看到了一个奇老的女人！她比我大了二十岁不止。我惊颤着往四周看，没有别人，只有我自己！我小心地靠近镜子，用手轻轻地拉了拉脸上的皮肤，皮肤稀松干涩，眼皮也耷拉下来了，但这的确就是我。我又看自己的手，那里的衰老更明显，手背上甚至长出了一小块黑斑。在银角仅仅过了一夜就变成这样，不知细眯她们是怎样待下来的。或者银角就是这样一个莫名其妙的地方，对我这样的人来说，待下来会迅速变老死去。

　　在将明未明的天色中我走在了路上，路是直的，像小丑脸的两个大气球仍在空中悬浮着，硕大的鸡冠花在晨雾中挺立，我不要再看见它们了。我一直往前走，但那股腥甜的气味却始终不散，令人头晕。我加快脚步，想尽快逃离这股气味，奇怪的是，越往前走，这股腥甜味越浓重，就像我刚到达银角的时候闻到的那样。

　　我停下来看四周，发现这个路口就跟刚才我离开的路口一模一样，而且，我一抬头就看见了上方悬挂的那两个大气球，像热气球那么大，乳白色的底，鲜黄色的字，一个写着"欢"，一个写着"迎"，像两个小鬼踩着薄雾停在空中。

　　我沮丧地发现，我没有离开银角半步，走了一大圈，又回来了。路口的路看起来是直的，实际上是弯的。我坐在路边哭了起来，肥厚的鸡冠花在我身边不停地生长，拔节的声音听起来就像人的喘息和叫喊，腥甜的气味从花叶根茎纷纷散发出来，我的身上一阵寒冷又一阵灼热，与此同时，我闻到自己身上也发出了同样腥甜的气味，而我的手，正在变成鸡冠花的叶子。

红艳见闻录

来银角之前的事情,我几乎不记得了,仿佛记得,认真一想,却又什么都想不起来。姐妹们开玩笑说,我们都是蕃薯变的。

这样我倒是想起了一首民谣:北流鱼,陆川猪,石镇大番薯。这是银角之外,我最早想起的三个地名。

也有人把番薯叫地瓜,或叫红薯、甘薯,还有,叫苕。到银角来的人,什么地方的都有,第一次听到有人说地瓜的时候,我一点不懂,但他老说:地瓜,地瓜,你身上有一股地瓜味。这是一个五十岁上下的中年人,头发半秃,头皮暗红发亮,正是我认为的瓜类。我说,什么地瓜,你才像地瓜呢!这人脾气很好,他边在我身上闻着边说:好好好。

我现在已经知道了,什么样的男人都有。有的男人喜欢我们把他当小孩子,抱他在怀里,把胸口咂得啾啾响,像是真的,其实什么都没有。有的男人，比如地瓜，特别喜欢女人抢白他，骂他"地瓜"，就像叫他"老板"似的。当然大多数男人还是喜欢"老板""经理"一类称呼。

凡是身上折起来的地方地瓜都爱，两边的夹肢窝，两腿之间，以及脚指头缝。他每次来都要从上到下掰开，像狗一样把鼻子探进去，之后还要伸出舌头来舔，弄得我身上湿漉漉的怪黏糊。但我从来不说，高兴的时候我会假装哼哼，若无聊，我就抓一把葵瓜子，把瓜子皮往他身上吐。我一不高兴就嗑瓜子，一高兴也嗑瓜子。我的瓜子存在床头柜里，一伸手就有了。

地瓜是我的熟客，大约每个月来一回。这人身上有一股清漆的味道，时浓时淡，每次，他一到门口我就闻到了。用不着他开口，妈咪就会喊道：红艳——

地瓜的怪毛病多，花的时间也比别人长。妈咪说本来要多收地瓜的钱，看在他是熟客的分上，就免了，所以地瓜更是每次都来找我。我估计他是搞装修的，不然就是做家具的，小老板一个。他老婆如果跟他同岁，就是个老太婆了，不是干得像腊肉，就是松得像豆渣。

这些事我一概不打听。

还有个熟客喜欢把红薯叫"苕"，是湖北那边过来的。起先我也弄不清"勺"是什么意思，他说：一股苕味。我心想，勺子是什么味？铁锈味吧！

苕很年轻，嫩，细皮嫩肉说的就是像苕这样的后生仔。但他反过来说我嫩。他像女人一样留着长指甲,他用拇指甲掐我的屁股,问我多大了,我说十九。他马上高兴得像吃了糖,连连说道,太好了,我二十,你十九。他又问我到银角多久了,我说也就十多天。这类问话时不常地有人问,谁问我都这样答,男人们听了无不欢喜。苕也一样,他听了就不用指甲掐我的皮了,他捧着我连连吹气,就像我是一块刚出锅的水豆腐。

实际上,我来银角很久了。到底有多久,一年,还是两年,我也不怎么清楚。至于我是不是十九岁,这件事情更费脑筋。我仿佛觉得,自己似乎早就过了三十岁,但我照镜子,看脸和脖子,洗澡的时候又看夹肢窝和肚皮,说是十九岁也不会有人起疑心的。也许我被整过容了,打一种毒针,听说美国的明星就经常打这种针,到六十岁还很嫩,如果她们要卖,照样能卖得出去。

我不操心这些事。

妈咪说,在银角的姐妹是不会老的,永远都是十九岁。我看她说的也不是假话,姐妹们个个肉嫩爽滑,如花似玉。

不过我也不是没有在银角见过老女人,只不过,她住在河边的一幢白房子里,从来不到这边来。姐妹们大概没有谁见过她。

那天天阴,气很闷,姐妹们都在睡午觉,我睡不着,独自一个人出来走走。我心里总模糊地觉得,有一天,我是要离开银角的,我要回到家乡,去找我的亲人和朋友。至于我的家乡在哪里,亲人朋友又是谁,等到离开银角,总会慢慢想起来的吧。

很多个午后我都是一个人在街上闲逛,这个时间的银角空荡荡的，没有一个人，死静死静。歌舞厅、发廊、洗浴中心，家家都门窗紧闭，一点人的气味都没有，就像一座空城。而且，男人们的汽车也一辆不见。那他们是怎样来的，又是怎样走的呢？地瓜说过他有一辆黑色的桑塔纳，苕则是骑摩托车来的。

每次我找到一条路走出镇子，自以为越走越远，但最后总是走回那个奇怪的路口，那里长着茂密的鸡冠花，有半人高，像电影里的芦苇，随风摇摆。鸡冠花的上空，悬着两只大大的气球，上面有字，一只写着"欢"，另一只写着"迎"，看上去，就像两个把门的小鬼。

银角不过是个巴掌大的地方，只有两个大一点的十字路口，一个叫东门口，一个叫西门口，重要的街道也就三条，火烧桥、水浸社、陵城街，我实在想不出，它到底有何奥妙。

只有河边我没有去过。

其实也差不多去过的。那次我顺着东门口下来，在拐弯处看到一个古怪的店铺，门面是土黄色的旧木板，不像别处，波浪形的铝合金门，哗啦一声放下来。木板上有许多暗红发黑的木节，我凑上去，闻到隐约的松木气味。

仿佛有人在心里头摸了一把，松木的气味使我想起了木垛，还有松毛、码头、船，我感到这个店铺似曾相识。我依稀记起，这个店铺我小时候常来，那时候，这是一个杂货铺，火柴、蜡烛、草纸、豉油、盐、豆豉、黄糖，都在这里卖。它旁边紧挨着一个酸野摊，条案上摆着一排圆筒玻璃缸，装了酸萝卜、酸木瓜、酸姜、酸杨桃。萝卜雪白，顶上有缨，沾上金红色的辣椒酱。那时候，我经常在这买豉油，敞口的瓦钵，有一个带把的扁木片，两分钱一小刮，五分钱一大刮，用干桐油叶包着，拎着叶梗回家。

和杂货铺有关的一切我都想起来了，那是在石镇，杂货铺的老板是个矮人，他的老婆外号白骨精。只是不知道他们都到哪去了。我看了看店铺的招牌，上面有几个字：王老吉脚疗。

真奇怪银角怎么跟石镇如此相像，银角难道是另一个石镇吗？或者，石镇是实的，银角是虚的不成？这事有点意思，但我并不愿深想，妈咪说，银角的女孩子一想事就偏头痛，然后就会变丑，然后就没有熟客上门了。

没有多想我便从木门进去。到底是时代变了还是地方变了，我不知道，总之是那些杂货统统没有了，王老吉凉茶的味道也不像王老吉，有一股塑料味。天井的墙根摆着一溜洗脚盆，倒都是木盆，只不过太新了，没有人气。

每个房门都关着，一个人都没看见。走廊又深又长，墙壁有点潮，而且暗，只有天井透进一点光。我一直往里走，过了三个天井，然后就到了后厅。那里有厕所和冲凉房，但没有闻到大粪的气味。木板的后门吱呀一声自己打开了，把我吓了一跳，却也并不害怕，因为我从后门看到了沙街，那是我从小住的地方。沙街上的老房子拆得多，街面也铺上了水泥，我仍认得它，是因为水运社的牌子还在，白底红字，但上面的红漆已经剥落了。

我就是在那次看见老女人的。这么老，还穿着一件大格子衣服，她头发中分，扎在脑后，像个普通家庭妇女，但她走路的样子有一股煞气，而且夹着一只男人的黑色公文包。她大步走在沙街上，沙街也就不像我熟悉的沙街了。

管红薯叫番薯的人最多，石镇也是这样叫的，但这些客人我一个都不认识，也无所谓。他们在我身上狠劲撞，我往他们身上吐瓜子皮。奇怪的是，我并不喜欢他们，但身里的水还是一波一波涌出来，自己也觉得滑溜溜的很是畅快。我一点也不别扭，妈咪很满意。她私下跟我说，到年底评"镇花"，也叫"银角小姐"，她一定推荐我当候选人。虽然没有多少奖金，这样的荣誉我也是很欢喜的。

近几个月来，或者半年来，在通往"镇花"的道路上我出落得越来越水灵了，我风情万种，价格越来越高。妈咪一高兴就送我一种牌子叫"邪魅"的护肤品。我只听说过"资生堂""兰蔻""水分子"，从来没有听说过"邪魅"，我怀疑是伪劣产品，几次想扔了。但妈咪讲，这是一种高科技产品，是银角的高科技车间研制的，因原料极其有限，一直没有扩大生产。这种配方除了高科技，还有泰国的古老秘方，泰国的人妖，还有韩国的变性人河莉秀，都用过这种护肤品。

据说这种"邪魅"还有一种特殊的效果，抹脸能紧肤，涂胸则可丰乳。简直有点像见了鬼。以我的状况（妈咪称为资质），脸完全可以不抹了，丰胸则可一试。我一直瘦，本来可以当骨感模特,却不知怎么到了银角。河莉秀的照片我见过,她的胸挺馋人的,连我都想伸手摸一把。想到自己的胸将变得丰满挺拔,就感到本人离"银角小姐"的桂冠越发近了。

地瓜和苕和番薯轮番在我身上滚过,我感到自己的肉体丰饶,像大地一样结实,我身体里的水源源不断地涌流,浇灌着他们,也浇灌着我自己。我们也结出果子来,那就是,钞票。钞票比孩子好,钞票是实的,孩子是虚的,银角的姐妹们全都这样认为。或者说,养儿防老是虚的,养钞票防老是实的。不过,在我们银角,姐妹们一个都不会老的,因为我们有高科技。这里的高科技车间比外面的先进许多倍。我们不会老,也不会死,钞票只是我们的荣誉。

但甘薯不这样看。

一个把红薯叫做甘薯的人,有一天来到了我的房间。他戴着一顶黑色帆布棒球帽,是阿迪达斯的冒牌货。后来我才知道,像甘薯这样的社会工作志愿者,使用真名牌是他们的耻辱。

社会工作志愿者,这是我听了几遍才记住的词。这个人有点神经,不知道别的志愿者是否也这样。他坚决不坐我的床,就像我的床单上沾着屎。他也不坐沙发,我想他肯定看见那上面的几根卷曲的黑毛了,那是怎么弄的,谁都想得出。有些客人不喜欢在床上干事,长沙发就是为这些人准备的。甘薯坐在方木凳上,侧着身子对我说:你不要毁了自己。我说,我怎么毁了自己?甘薯说:这样下去不好。我说:怎么不好?到年底我就要当银角小姐了。甘薯问什么是银角小姐，我想了想答道：客人最多，价格最高，相当于先进工作者吧。

甘薯自己摇了摇头，又自言自语道：银角真是个死角啊，太不觉悟了。见我瞪大眼睛看他，便又劝我学缝纫，或者学绣花，说有一种十字绣很好学，并且专门有人收购成品。我不理他，只是追着问：什么是死角？什么是死角啊？到底什么是死角！他犹豫着说：就是大家都不觉悟。我又问：什么叫觉悟？他想了想说：就是像人一样生活，不要像鬼一样生活。

什么是人，什么又是鬼呢？我问他。我不是故意为难他，我对这件事向来有点兴趣。甘薯却回答不出来，他有点烦，说：这个跟你讲不通的。我往他身上蹭，打算坐到他膝盖上。他挪开身子躲我，一边气喘吁吁说，我是不干这种事的。他说只是跟我聊聊，钱会照付。

于是就聊，聊的是戴套的事。甘薯说他是一个国际民间组织派来的，任务是让所有的性工作者都使用安全套，当然，是指让男人戴上套，这样能有效预防艾滋病和乙肝。我故意逗他，问能不能预防禽流感。他一本正经解答道：那是呼吸道传染。

不知这个国际民间组织怎么会派这种二百五来，一根筋、三八、神经、苕。但我心情不错，看他是个老实人，就好心告诉他，银角这个地方跟别处不同，别处得的病这里都不会得，因为银角有高科技。

甘薯瞪大眼睛看我，说：这种鬼话你也信！你仔细观察观察，看看银角的姐妹，哪一个不是过一段时间就不见了，不过是失踪多少就补多少，身高长相也差不多，你看不出来罢了。

观察这个词我很久没听说过了，乍一听有点生，一转身又感到有点耳熟，似乎是，以前我经常听到和使用的一个词。这么说，我以前也是一个有知识有文化的人。这个想法像一根又细又软的蜘蛛丝，在我眼前飘动起来，我在脑子里用手抓它，一会儿抓着了，一会儿又抓没了。最后总算有了一点眉目，我依稀记起自己从前是上过电大的，也就是说，多少算是一名大学生。

甘薯不知什么时候走了，我脑子累得要命，好像干了一天重活。其实因为下雨，只有甘薯一个客人，他又没跟我干事，但不知怎么，我连身子也感到累沉沉的。

下着雨，天有点暗，我躺在床上闭着眼。雨点打在遮阳篷上，密密地响成一片。我想，今天不会再有客人来了。但过了没多久，我感到有人在掰我的脚指头，睁眼一看，原来是地瓜来了，清漆的气味也跟着罩到了床上。我困得很，半点也不想动。他便也不吭声，只是动手解我的衣服，然后又像以前那样，使劲掰开我的腿把鼻子凑上去。只一会儿，我忽然感到不对，定眼一看，地瓜手里竟拿着一片刀片！极薄，十分锋利，闪着暗光。他像一个耍魔术的人，把刀片亮到右边，又亮到左边，高举过头，又画了一个大圆圈。然后他勾着头，用刀片在我的左胸上划拉，几下就把我的左乳切下来了。他一手拿着刀片，一手抓着那只切下来的左乳，像啃地瓜那样送到嘴里啃起来，那"地瓜"竟也发

241

出生脆的嘎嘣声。

我大惊，猛地坐起来，四周没有一个人，我捧着左乳仔细看，仍好好地长在我的左胸上，但那上面沁出了一层细细的汗珠，拔凉拔凉的。我起来走到大镜子跟前，镜子里的人半敞着怀，披着长发，嘴唇涂成银红，眼圈是黑的，脸是白的，跟鬼差不多。我怎么是这种样子呢？本来我又是谁呢？或者，我压根就是一个鬼？

这个闪念使我心惊胆战。

雨停之后刮起了大风，河边半人高的鸡冠花风起云涌，暗红的浪头翻滚起伏，远看几乎看不见河面。我觉得，河边大概会是银角的一个出口。我曾问过地瓜，也问过苕，他们说，坐上车就来了，坐上车就走了。但我从来没有找到过停车场，另一个出口是在地下吗？

我顶着风往河边走，越靠近河风越大，有一阵几乎要把我掀翻了。只有邪风才会这样猖狂！而且奇怪，从沙街到河边，看上去并不远，看着快走到了，却还是没走到。我背过身倒着走，累得不行，走了一阵回头目测，觉得反倒离岸边的那片鸡冠花更远了。

怪不得，姐妹们谁都没去过河边。

心里十分丧气，却又不甘心，只好先到水运社骑楼的柱子后面挡挡风。

正在这时，那个夹着公文包的老女人在沙街口出现了，她仍然穿着那件大格子外套,脚下踩着一双半筒的橡胶雨鞋。我心里立即亮了一下,我知道,机会来到了。这双雨鞋就是我的指路明灯,它黑色的胶面在狂风中一闪一闪,来到了水运社的大木门跟前。

门里凉飕飕的,比外面的气温骤然低了几度。奇怪的是既听不见老女人雨鞋的吱扭声,也听不见我自己的脚步声,更听不到风声。声音被吸走了,只剩下身形,身形在门洞的昏暗中轻飘飘的,跟鬼影差不多。

我有点紧张,又有点兴奋。不觉一片亮光出现在眼前,原来已到了水运社的后门。我站在后门的台阶上,看到了河。正是暮春,河水很满,有一点点混浊,但不脏,反倒深厚丰满。河面上漂来一杈柚加利树枝,上面的树叶闪着黄绿的水光,有一张甚至是金色的。河水浩浩荡荡,对岸是一片马尾松,马尾松后面是大片大片萝卜地,一个穿着碎花衣服的小女孩,光着脚丫走在沙滩上,她举起脚丫,细小的石英沾在皮肤上,闪耀着碎银的光芒。

那就是从前的我。从前的一切,漂浮在大河上,从前对岸有船厂,河上有船队,贴着河面立着大木桥,现在这些都不见了。我坐在台阶上,一时明白,一时糊涂。我想起来,我其实不叫红艳,但到底叫什么,却无论如何都想不起来了。

走下台阶,两边视野更觉开阔。固然对岸有我小时熟悉的景象,但此岸,却不是这样。我四下张望,没有看到那几棵高大的柚加利树,树上米色的小花,树底下散落的花柄,这些更加没有。只有大片半人高的鸡冠花,黑压压地立在河岸上。

我找到了一条小路,沿着河边往下游走。我记得下游有一处地方比较窄,夏天里卷起裤腿就能走到对岸。这样我就几乎进入到鸡冠花地里去了。

已经是正午,太阳直射在花冠上。我定眼一看,这哪里是什么鸡冠花,分明是红薯叶子!桃形的薯叶,正面是绿色,背面是紫色,比普通的薯叶大一倍,而且也肥厚硬朗一些,但确是薯叶。所不同的是,红薯藤应该在地里爬着长,这里的薯藤却立着长,藤秆也像芦苇秆那样又粗又硬,有一种凶猛的气势。我甚至想起了虎背熊腰这种形容词。

这样壮硕,这样不像真的,肯定是高科技的什么玩意新品种!

前两天下雨,没什么客人,妈咪因为新选上了行业协会副主席,心情特别好,我给她捧了一捧奶油白瓜子,两人就聊起天来。她先刻薄了一番地瓜和苔,又顺便说起了甘薯。她看上去漫不经心,实际上是试探我。

甘薯长得有点像梁朝伟哎!她看着自己的指甲盖说,就好像那上面贴着梁朝伟的照片,其实涂的是一种黑色的指甲油。

我说我不喜欢梁朝伟,我喜欢齐秦。妈咪把瓜子往嘴里一扔,说,不就是那个北方的狼吗!有什么好的,连王祖贤都不要他了。男人双眼皮是很难看的。她把一颗瓜子扔进嘴里。

我不做声。

妈咪突然问：甘薯跟你说什么了？我马上说：没有啊，什么都没说。她还盯着我：那他干得咋样？那玩意儿？我想了想说：蔫的，进都进不去。妈咪呸的一下，把瓜子壳吐在了对面的门框上，说：软货！我心想这人半天在那嘀咕什么呢。

看她身子靠到了椅子背上，我就开始猛夸我们陵城娱乐中心的房子，说它如何有气势，白墙灰瓦，古古的，不像水浸社那边，连门口都贴着瓷砖，像公共厕所。妈咪最爱听这些话。她兴奋起来，说这房子装修就是她参加的。她说：我是谁？我也是有文化的人啊！

就是在这次，她一不留神说了许多银角的事，我才第一次知道，河边的两幢白房子是银角的高科技中心，以前叫科研所，现在叫中心，有农科所和生科所，前者称一所，后者称二所。

那个老女人大概就是科研所的人了。

我站在薯地里，四下里一个人都没有，薯叶凶猛，房屋死寂，我木愣着，不知如何是好。错眼一看，只觉得每张薯叶都长着一张怪异的脸，像无数的鬼，在阳光下睁着眼睛，它们隐隐跳荡挣扎着，但谁也挣不脱，地底下粗壮的薯根就是它们的命。

我有点害怕，想起姐妹们说过我们都是红薯变的，我怀疑这不是一句玩笑话，说不定是真的。特别是，前天做的那个地瓜手拿刀片的梦！腿有点发软，我一下就坐到了地上。

245

天一下子暗了许多，仰头看，只见硕大的薯叶交错摇晃，天光都成了碎片。不远处有窸窸窣窣的声音，像是有人在刨地。想来虽是高科技，有不少事也是要人工的。我找到了一根棍子，就在脚下挖了起来。

土是沙质土，疏松易挖，不一会儿薯根就露出来了。皮是紫红的颜色，刮开一点，肉是米黄的，这使我放下了心。所谓高科技红薯，看来也没什么稀奇。我准备揪起一个尝尝。

挖开一大片土，才挖到薯根的边缘。这么大的红薯，大概只有银角才有吧。但突然，我发现这只红薯有点奇怪，像女人的一条腿，大腿粗一点，小腿修长瘦削，甚至也有脚板。这样诡异的红薯我从来没见过。我壮着胆，又挖开了另一兜红薯的薯根。这次我看到了一只碗大的凉薯，心形，像一只大桃子。但凉薯的皮是白的，我认定，这还是只红薯。我正要把薯藤揪断，却发现，这只红薯怎么有点像女人的乳房！真是出鬼了，也许我再挖一兜薯根，就会挖出一张女人的脸。

冷汗一下冒了出来，后背心凉飕飕的，脑袋一片混乱。觉得是在做梦，却又明白是真的。我感到有一簇火苗烧着我的心，一下一下的，火烧火燎。我披头散发，疯了似的开始挖下一兜薯根。我不知道这一次将挖出什么东西，但我预感到，这片薯地里，肯定埋着那种脸状红薯，那是一些女人的脸，不见天日，饱受憋闷。

想到那些脸状薯，一只只的有鼻子有眼，却没有躯干和四肢，不禁越发惊恐。我觉得自己看到了它们，那是些没有身体的脸，它们的眼睛睁着，嘴巴一张一合，像是在说什么，但是没有声音。

我不愿意真的看到它们，却又想试试。于是疯挖一阵，又戛然停住，再疯挖，再停住，就在我停手的瞬间，那个老女人突然出现在我面前。她压低声音说：这里不能久留，快跟我走。

她抓着我在红薯地里钻来钻去，像两只老鼠，窜回了水运社。

正惊魂未定，突然墙上的挂钟"当当"地响了起来，七点了，姐妹们已经吃过晚饭，正在准备化妆，妈咪肯定发现我不见了。她是要派人把我找回去还是让我从此消失呢？如果消失，我会怎样消失呢？

心里的火苗开始向全身蔓延，到处乱撞，冲到脑门，又冲到肚子，全身上下都是热烘烘的。我意识到自己发烧了。

在黑暗中，老女人飘到我跟前，她摸摸我的额头，然后就在对面坐了下来。我拿不准她到底想帮我，还是不帮。

我的体温在升高。

如果她是一个巫婆，就会看见我身体里的火从红色变成金色，再变成蓝色，而我的骨头也被烧得嘎嘎响，身子冒出烟来。金星在眼前乱闪，我想我快要烧煳了，老女人还是坐着不动。

身子越来越软，我有气无力地求老女人，让她给我吃一点退烧药。但她只是让我躺下来，在我嘴里塞了一根体温计，连口水

247

都没有给我倒。

后来我才知道,只有当我的体温升到45度,并且持续3个小时,先前植入我大脑的记忆干扰芯片才能融解失效,我原先的记忆才能逐渐恢复。不过每个人的情况不一样,只有少部分人的体温能升高到45度又能坚持3个小时,大多数人都会在中途丧命,或者在退烧之后变成傻瓜。发烧到38度就吃退烧药,这是银角通常的做法。

我迷迷糊糊地躺着,感到自己正在穿越一片大火,我光着脚,赤身裸体,没有遮拦,地上是尖利的石头,身边是大片卷曲的红薯叶子。天上的云也在燃烧着,喷着长长的火舌,红薯叶子也在燃烧,有些已经烧过了,只剩下黑糊糊的残骸,像一些鬼怪发出的声音。我全身都疼,又烫又疼,我想叫,却叫不出声。我挣扎着往前跑,拼着最后一点力气,我知道,前面就是河了。

圭江河!我忽然记起了这个名字,这正是我们石镇的河呀,我从小就住在河边的沙街,过了这条河肯定就能回到石镇了。一丝凉风从河水里吹来,碰到了我的额头。哔剥燃烧的薯叶退到我身后了,对岸的马尾松和柚加利树郁郁葱葱,我看到了它们。

烧开始退了,老女人给我泡了一大壶菊花茶,让我一杯接一杯喝下去。见我神志清醒,老女人就给我讲了以下两个故事,一个是关于一个女人,另一个故事则关于高科技车间。

有一对夫妻,两人是大学同学,他们一起分配到科研机构,又一起辞职下海办公司，他们共同研制出一种新产品，获得了巨额赢利，日子越过越红火。但就在女人50岁那年，丈夫下毒把她毒死了。这个丈夫是科技进步奖获得者，有许多人呼吁此案要慎重。最后法院就以证据不足为由，判丈夫无罪。

第二个故事说的是银角的二所，即生命科学研究所。这个所打的是生研所的招牌，实际上是个车间。每每有拐卖来的，或者是糊涂自己来的女子，只要在15到45岁之间，也就是说，只要卵巢功能正常，车间就会在她大脑植入一个记忆干扰芯片，然后注射一种强力黄体酮，强化她的卵巢功能，等体内的性激素达最高值时，车间就给她换肤，从深层肌肉到表皮，统统换掉，用的原材料就是一所培植的特种红薯，这种红薯品种优良，成本极低，碳水化合物的密度极高。这样，银角的女子看上去个个都十九岁，光鲜水灵的。

喝光了一壶菊花茶，老女人又起身去泡第二壶。她虽然额头上皱纹多，步子却是很矫健的。说是老女人，但不见得真的老了。也就是五十岁上下吧。

五十岁，我心里忽然像闪电似的亮了一下，那个被丈夫毒死的女人会不会就是她呢？如果是，那我又是谁呢？顿时，我感到毛骨悚然。

女人端着茶回来，她的脸浮在黑暗中。

我紧张地望着她，不知道她是人是鬼，也不知道自己是人是鬼。

她笑笑说，你不要怕，怕也没有用，世界就是这样。

菊花茶在我们之间袅袅上升，寂静的暗夜更加深不可测。我的体温越接近正常，脑子就越迷茫。记忆虽然有所恢复，但我并不知道将要去哪里，也没想起自己的名字。女人说，这好办，她打开那个经常带在身边的黑色公文包，里面有一个小巧的掌上电脑。我报出现在的身份住处：陵城街三号，陵城娱乐中心19号服务员，钟红艳。老女人按了几下键盘，我的档案就出来了：崔红，35岁，石镇人，N城某厂图书管理员。

崔红，原来我是崔红啊，我已经三十五岁了，我念叨着自己的名字和年龄，往事像雨点，大颗大颗落到我身上，它们从我的皮肤进入，充满我的骨骼和血液。我的额头也变得清凉起来。

我走在密密的红薯地里，脸上又是泪水又是汗，头发乱糟糟的，薯叶不停打在我身上，我使劲拨开它们。我就是一个疯女人，谁也别想拦住我。我要在黎明之前赶到下游岸边的一块大朱砂石那里，女人告诉我，在每个月的初一、十五两天，在后半夜到天亮前的这段时间，从朱砂石这个地方下水渡河，就可以回到石镇。今晚正是十五，一轮满月悬在天边，月光下的圭江河水闪着蓝灰色的光，对岸的马尾松和柚加利树黑黢黢的。我知道，我将站在那块石头上，向着沉沉大河，纵身一跃。